KE
BO

離縁された悪妻王妃は皇帝陛下に溺愛される

異国の地でえろらぶ蜜月開始します♡

華藤りえ

Illustration
なま

蜜猫
MitsuNeko

contents

イラスト／なま

離縁された悪妻王妃は竜陛下に溺愛される

異国の地でえろらぶ蜜月開始します♡

第一章　冥婚の花嫁は、黄泉がえり王太子から離婚される

その日、五歳のマリアは浮かれていた。

というのも、初めて両親が旅行に連れていってくれたからだ。

マリアの父は『貴族の仕事』といって、年中、あちらの国やこちらの国と忙しく旅していた。

滞在先は社交を伴う宮廷が多く、妻——マリアの母親も、頻繁に父の旅へ付き従っていた。

だけど娘のマリアだけは、ずっと帝都のお屋敷で留守番。

だが、それも今日でおしまいだ。

五歳の誕生祝いを兼ねて、両親はマリアも旅に連れていくことにしてくれたのだ。

馬車で片道六時間ほどの小旅行ではあるが、知らない土地が初めてなマリアには冒険だ。

景色を楽しむ間に時間は過ぎて、一行の馬車は目的地である高級宿の前で止まる。

最初こそ、しっかりとマリアと手を繋《つな》いでいた母親だが、積み荷を下ろす従僕の、段取りの悪さに痺《しび》れを切らし、ああだ、こうだと指図しだすうちに力が緩む。

父親と言えば、一家の長《おさ》として宿泊手続きの真っ最中。

両親の監視が薄れても、いい子でいられるマリアだが、旅先ではそうもいかない。

道端で売られている、飴《あめ》の掛かった林檎《りんご》や、どこかから聞こえる異国の辻《つじ》音楽などに気を取られるうちに、一歩、また一歩と母親の元から離れだす。

浮かれ歩くうち、ふと、目の前の歩道にキラキラと輝くものが落ちているのに気づいた。

(なにかしら)

近づいて確かめると、宝石の替わりに真っ赤な硝子《がらす》が嵌《は》められた指輪だった。

一目見てそれとわかる安物だが、五歳のマリアに真贋《しんがん》の見分けがつくはずがない。

人通りが多い王都の路上で、そこだけぽっかりと空間ができており、光が燦々《さんさん》と当たっていたことも相まって、とても不思議な——魔法のような雰囲気がある。

そっと近づけば、指輪には、黒いカードが付いていた。

「落とし物？　それとも、誰かが売り物を落としたのかしら？」

手に取ると、黒いカードには銀のインクで、なにごとか書いてある。

「……どうか、僕と結婚してください？」

悪戯《いたずら》かと思い辺りを見渡していると、道を行き交っていた大人たちが、驚愕《きょうがく》の表情を浮かべてマリアを取り囲んでいた。

——拾ったぞ。可哀想《かわいそう》に、あんな小さい子が。異国人か。そのようだ。

そんな言葉が、さざ波のように押し寄せ、怖さに立ちすくんでいると、やっと事に気づいた母親が、蒼白《そうはく》な顔をして駆け寄ってくる。

だが、一拍遅かった。

きょとんとしていたマリアは、どこからともなく現れた黒衣の男に担ぎ上げられ、道端に止まっていた馬車に乗せられてしまう。

王家の紋章が刻まれた立派な扉が閉められる一瞬、我を失った母親の叫び声が聞こえた気がするが、マリアは悲しみや恐怖を感じることもできないほど、混乱しきっていた。

——その国では、未婚のまま死んだ跡継ぎは家を滅ぼすという強く信じられており、故に、冥婚の証《あかし》と呼ばれる指輪を拾った娘が花嫁として攫《さら》われる。

マリアがその風習を聞かされたのは、危篤で意識朦朧《いしきもうろう》としている王子と結婚式を挙げさせられた後。小さな頭にポモーゼ王太子妃の冠が載せられた後だった。


(かくして、マリア・ヴァサリア・ポモーゼ王太子妃は誕生したのである。……なんてね)

手にした紅茶にふーっと息を吹きかける。

この離宮で供される紅茶は湯気は思い切り立つが、香りはほとんど立たない。

(王室の財政状態が悪いから、お客様にさえ、渋みが残る三級品しか出せないのよね)

紅茶の表面には、白銀の髪に淡い紫色の瞳という北国を思わせる容姿の娘が映っていた。

黙っていると、マリアの前に座っていた客の一人が、心持ち緊張した様子で背を伸ばした。

鳶色《とびいろ》の癖毛と瞳を持つ若い男だ。

落ち着きなく部屋のあちこちへさまよう視線や、そばかすが残る肌のせいで幼く見えるが、確かマリアより二つ年上だったはずだ。

礼儀作法もどこへやら、事前連絡もなく、今日、唐突にマリアが住む離宮に現れたこの青年は、若きポモーゼ王であるヨハン三世陛下だった。

そう。マリアの夫のヨハンである。

彼は深呼吸した後、なぜか隣にいる貴族令嬢をちらり見る。

（そういえば、彼女は誰なのだろう）

王太子――先日、王となったヨハンは一人っ子で、妹が居るとは聞いていない。

年齢は十五か十六か――いや、肌の艶からすると、仕草や化粧が若いだけで、実際は十八歳のマリアより年上かもしれない。なら国王の個人秘書か？

（秘書にしては、派手と言いますか。服装が場にあってない気が……？）

波打つ金髪に目が覚めるような碧眼《へきがん》と、見た目こそ美しいのだが、鮮やかなピンクのドレスに金色のレース、宝石だらけの装飾品と、服の趣味が派手すぎる。

とてもではないが、後ろに控え、主の思うところを察し動く秘書とは思えない。

誰かしら、と首をひねっていると、唐突にヨハンが唾を飛ばす。

「マリア・ヴァサリア・ポモーゼ！」

「はい」

まばたきして返事をすると、彼は、がんばって暗記してきたのがわかる棒読みで宣言した。

「貴様のような悪妻なぞ王妃に相応《ふさわ》しからぬ！　本日、この場を持って離婚を申し渡す！」

「はあ。……悪妻、ですか」

想像もしなかった単語を投げつけられ、どうしたものかと首をひねれば、相手は、それ見たことかという態度で身を乗り出した。

「知らぬとは言わせぬぞ！　我が最愛のイヴァンカ伯爵令嬢に対する悪口雑言、その上、ドレスに宝石と金を使い込んでは、イヴァンカに罪をなすりつける卑怯《ひきょう》な手口！」

――そんなことを言われても、正直、まったく身に覚えがない。

王妃に相応しからぬとの発言は納得いくものだが、悪妻だの、ドレスと宝石に金を使い込んだだの言われても、思い当たるところがない。

名ばかり王妃の身支度など離宮運営の予備費でいいとの考えか、四半期ごとに王室から支払われる予算は微々たるもの。

最低限のドレスは仕立てているが、王都ではなく田舎の離宮だ。王妃として人前に出ることもなく、舞踏会や観劇などの催しごともないなら、年に四着作れば日々の暮らしは事足りる。

どちらかと言えば寝間着やシーツ、侍女のお仕着せなどの消耗品に金がかかさむ。

宝石に至っては、指輪を拾い無理矢理《むりやり》王妃をやることになったので、見るのも貰《もら》うのもこりごりだ。

「というか、どちらのイヴァンカ様で？」

そんな侍女はいた覚えがない。考えていると、国王になったヨハンが舌打ちした。

「すっとぼけるな。イヴァンカを無視しても、私の寵愛《ちょうあい》が戻らぬとわからないか」

そこで言葉を切り、ヨハンは隣に座る派手なご令嬢にうっとりと蕩《とろ》けた眼差《まなざ》しを送る。

なるほど。彼女がイヴァンカというのか。初めて知った。

（ほうほう。そういうことですね？）

ヨハンの主張が見えてきた。

彼はイヴァンカに恋をし結婚したいと考えたが、そこで、離宮に押し込め放置していた妻――マリアを思い出し、難癖を付けて離婚しようと考えた。

（だけど、意識朦朧の病気状態とはいえ、神の前に誓った妻。……だから、とにかく、適当な罪をでっちあげて、離婚を成立させたいと。なるほど、なるほど）

逆上の度合いを強めるヨハンに対し、いたって冷静に、他人事にマリアは分析する。

「お前の汚いやり口のせいで、どれほどイヴァンカが傷ついたか！」

威張って言うが、胸板が薄く色白のため、かえって貧相かつ滑稽に見えてしまう。

なのに本人は気づかず、隣にいるご令嬢をひしっと抱きしめ、マリアを睨《にら》んだ。

ちなみに伯爵令嬢イヴァンカとやらは、よよとした仕草でヨハンの腕に縋《すが》ってはいたが、マリアに向ける目は挑発的で——けなげさの欠片《かけら》もない。

(そんな目をされても、困りますというか)

声にできず、ほりほりと指で頰《ほお》を掻《か》く。これは一体どうしたものか。

傷ついたと主張されているが、マリアはこの離宮から一歩も外に出たことがない。

つまり。

「……ぶっちゃけ、私たち、今日が初対面ですよね？　ヨハン三世陛下」

冷静に指摘した途端、壁際で真面目くさった顔をしていた執事が、ぶはっと息を吐き——苦しそうに笑いをこらえていた。


唯一の息子であるヨハンが危篤となった時、先代国王は泣く泣く冥婚の儀式を手配した。

大国に囲まれ、領土の半分が、昼なお暗いトウヒの樹海であるポモーゼはろくな産業がない。

その上、一年の大半が雪に埋もれる僻地《へきち》なので、文明の息吹はあまり届かず、結果、人狼やら魔女やら吸血鬼などの伝奇や、非科学的な迷信が根強くはびこっていた。

だから、未婚のまま死んだ跡継ぎは、孤独を恨み家を滅ぼすといった伝承も強く信じられ、死者を鎮めるための花嫁——冥婚の妻が合法化されていた。

求婚の言葉が書かれた黒いカードと、赤く大きな色硝子《いろがらす》を付けた冥婚の指輪を道に放置して、拾った女を死者の花嫁として攫うのだ。

とはいえ、地元の者はもちろん、旅行者だって知っている風習だ。うかつに拾う者はいない。

冥婚の妻は、死にゆく男のために身を捧《ささ》げ、弔い、墓守となる替わりに、死んだ男の遺族から最低限の衣食住が保障される。

故に、喰《く》うに困った女が、最後の逃げ場として、その指輪を拾うことが多かった。

つまり、迷信が生んだ一種の社会保障制度という訳だ。

死にゆくポモーゼ王太子ヨハンの妻も、そんな女になるはずだった。

が、たまたま通りかかった五歳のマリアが、うっかり指輪を拾ってしまった。

数百年も連綿と続く儀式を曲げるわけにはいかない。王がしたことならなおのこと。

ゆえにマリアは親から引き離され、訳もわからない状態のまま王太子妃とされた。

そして無事に二人が婚儀を終えた後、王太子は安堵《あんど》のうちに息を引き取――らなかった。

神妙な顔で司祭を呼び、死に際の王太子の前で結婚式を挙げる大人たちの中、両親に会わせろと泣《な》き喚《わめ》き暴れたマリアの手が、青ざめ横たわる王太子の胸を激しく叩《たた》いた。

その衝撃で王太子――ヨハンは胃の内容物を吐き、以後、どんどん回復していった。

――危篤の原因は毒きのこだった。

食い意地が張っていたヨハンは、王の庭で見つけた毒きのこを、空腹に任せ食べたという。

だが、マリアが殴った時の衝撃で吐いて、致死量に至らなかったから、回復した――らしい。

あまりにも情けない話なので、歴史の闇に葬られているが。

さて。困ったのは王と周りの貴族たちである。

冥婚の儀式に従い、王太子の枕元に呼ばれ、花嫁――王太子妃となったマリアは、夫の死によって、一生を王家の墓守女として過ごす予定であった。

が、王太子は死ななかった。

じゃあ冥婚をなしにしてしまえばいいと思うのだが、結婚を執り行った司祭は、王の配下ではなく聖教会――つまり教皇の配下。

今更、あれはナシだと訴えても〝神の名の下に誓われた結婚の取り消しは聞かぬ〟と無視され、澄まし顔で、離婚免状を得るための、高額お布施を要求された。

貧乏なポモーゼ王国に、お布施を払う余裕などない。

王と家臣は三日三晩をかけ会議を行う。

――取りあえず、問題を先送りにしてしまおう。

七歳のヨハンと五歳のマリアが夫婦になった。これは取り消せない。

ならば、離宮にマリアを閉じ込め、彼女が年頃になるまで、世間に隠してやりすごそう。

運がよければ、大人になった二人がいい感じに恋をするかもしれないではないか！

こうしてマリアは、意識を取り戻した夫――王太子ヨハンと話すこともなく、以後の十三年を離宮に幽閉されて過ごすこととなる。

その間、王太子との手紙のやり取りや、面会など、一切ない。

なぜなら、王も家臣も、先送りにした問題を、すっかり忘れてしまったからだ。

毎年、離宮に予算が割り振られる時だけ、ああ、そういう娘もいたな。と思い出したかもしれないが——本当のところは定かでない。

定かでないまま、王は、若き王太子を遺《のこ》したまま落馬で死亡し、今に至る。


「という訳で、私は妻ですけれど、陛下とは一切面識がございません」

当時を振り返り、簡潔明瞭にまとめた上で、ヨハンとイヴァンカに微笑《ほほえ》みかける。

「面識もない相手に対し、嫌がらせもへったくれもないと思いませんか？」

「つ、強がりを。だが離婚すると決めたのだ！　貴様の意志など」

「賛成に決まっております」

また熱を入れた茶番をおっぱじめそうなヨハンへ、にこやかに告げる。

「離婚など、賛成に決まっております！」

どうぞ、どうぞ、と手振りを付け、言葉尻を弾ませる。

「なっ、貴様、頭がおかしくなったか！　王妃の地位だぞ」

「とはいえ、王宮に足を踏み入れたのは十三年前に一度だけ。以後、ずっと離宮暮らしなのですから、形骸もはなはだしいと申しますか」

別に嫌味《いやみ》でも虚勢でもない。一点の曇りもない本音である。

そもそも王妃にしてくれとか、なりたいとかマリアが口にしたことは一度もない。

旅行先で、たまたま見つけた指輪を拾ったら、とんでもない貧乏くじだっただけのこと。

王族と結婚したものの、贅沢《ぜいたく》や遊行など、いい思いをした覚えもまったくない。

どころか、厄介者の妃として離宮に閉じ込められ、敷地から一歩も出られない有様だ。

暮らす分には問題ないし、庭園に果樹園に野菜園、乗馬のできる馬場に狩猟用の森と、一通りの物は揃《そろ》っているが、籠の鳥には違いない。

さめざめと泣き暮らし、周囲を困らせる気はないが、自由を諦める気にもなれない。


――いつかは、この離宮を出て、本でしか読んだ事のない世界に行きたい。


そのためには、名ばかりな王妃の地位など捨てたいと思うのは、ごく当然の思考ではないか。

退屈を紛らせてあまりある膨大な著書と、王妃に相応しい高等教育を受けられたのは幸運だが、それすらも、ヨハン側の――ポモーゼ王国の都合故のこと。

自由に比べれば、惜しい物ではない。

「ですから、離婚については、前向きに検討させていただきたいと思うのです」

ぐっと両手を握ったマリアは前のめりに続ける。

「しかし、話は王の婚姻問題。話を詰め、相互認識をしっかりと擦り合わせてから契約、調印と進まなければ、思わぬ事態になりかねません」

「ちょ、調印とは大げさな……いや、その、離婚するとうなずいてくれれば、それで」

マリアの勢いに押されたヨハンが、一転して弱気になるが、手加減する気はまったくない。

「なにを仰《おつしや》いますか！　王妃の離婚ですよ？　法的に問題なく処理しておかなければ、御子《みこ》ができた時、思わぬ継承争いに発展するやもしれません。足下を固めるのは人事です！」陛下に
親指を立て、片目を閉じてうなずく。この際、次の王妃候補のイヴァンカなどどうでもよい。

「赤い屋根の家を田舎に買って、犬、猫、兎《うさぎ》と悠々自適に暮らしているところを、名ばかり夫の継承問題で突き回され台無し……だなんて、そんな悪夢はありません！」

絶対に、マリアはポモーゼ王国とは関係ない。とのお墨付きを貰わねばならない。

離婚したけど、やっぱりやめたなどと気分で思いつかれ、変に追い回されるのは迷惑である。

どうせ、ポモーゼ王妃マリアなど虚像だ。

後ろ盾があれば、実家への迷惑を考えなければならないが、マリアは、父母の家名はもちろん、どの国の貴族だったかさえ、もう覚えていない。

両親から引き離されて数年は、王宮に問い合わせや苦情の手紙が来ていたらしいが、周辺情

勢に波風が立ち、異民族との戦争を一つ挟んでからは、とんと音沙汰ないと聞く。

（それに、十三年前に攫われた娘のことなんて、きっと相手も覚えてないでしょうし）

ちくんとした胸の痛みを無視しながら、マリアは話を詰める。

「まずは離宮の雇用についてです。……こちらの離宮には三百五十八人の者が勤めておりますが、これらの雇用は継続してなされること。あるいは、雇用継続を希望しない者には、離宮維持法により、退職金及び再雇用紹介状を与えるということでよろしいでしょうか？」

細々としたマリアの要求に、ヨハンが目を回す。難しくてついていけないようだ。

が、一時間かけて噛《か》み砕《くだ》き、なんとか理解させる。

「最後に、こちらで過ごさせていただいた御恩もありますが、やはり、五歳の幼女を離宮にというのは、ポモーゼ王国側の都合。ですので、それ相応の慰謝料は頂きたいと思います」

「いっ、慰謝料だと！　金は出せん！　離婚の免状を取るのに、いくら掛かったと思うのだ」

取り繕う余裕もなくなってきたのか、ヨハンが頭をかきむしりながら喚《わめ》く。

「心配されずとも、台所事情はある程度把握できております」

ここはド田舎の離宮である。

本を読み、外の世界を空想することで誤魔化《ごまか》してはいたが、マリアだって、若者らしい好奇心や活発さを発散させたい時がある。

そんな時、庭師と仲よくなり、植物育成に科学的興味を刺激されたマリアは、温室の花の改良に始まり、果てには畑の野菜改良にまで手を出した。

畑を耕す肉体の歓《よろこ》びに励む中、いつしか離宮の野菜はめっぽう美味《うま》いと評判になり、乏しい離宮運営費のたしになればと、マリアは離宮の農産物を販売する事業を興し成功させた。

つまり事業で得た個人預金があるので、慰謝料を用意してもらわずとも問題はない。

豪遊はできなくとも、田舎の屋敷でゆっくり余生を過ごすぐらいはなんとかなる。

マリアは、老後資金は若いうちから計画的に貯《た》め、後は優雅に暮らす派なのだ。

だから、欲しい物は金ではない。

「私が欲しいのは……新しい戸籍と旅券なのです！」

そう。王であるヨハンにしか用意できない公文書。

慰謝料としてほしいのは、それだけだ。

きらっきらに目を輝かせてマリアが詰め寄った途端、ヨハンは驚愕のあまり顎を外していた。

第二章　自由を得た元王妃は、離婚旅行に旅立つ

魂が抜けたような顔で、ヨハンとイヴァンカが離宮を去って半月後。

マリアは国境沿いの街にある船着き場で、出航の時を待っていた。

出航といっても、船が浮かんでいるのは海ではない。ダニューヴと呼ばれる大河だ。

「わああ、やっぱり陸とは風まで違いますね！　涼しくて気持ちいいです！」

幼女みたいにはしゃぎながら、マリアは船室甲板の柵から身を乗り出す。

風に煽《あお》られる帽子を手で押さえながら、マリアは背後にいる女に話しかける。

「そんなに身を乗り出して、落ちても知りませんからね。マリア様」

離宮から着いてきた侍女のゲルダが、鼻に皺《しわ》を寄せて呆《あき》れていた。

ゲルダは、マリアが離宮に引き取られた時から、側仕えとして着いている娘だ。

泣き喚く王太子妃——マリアの扱いに困った大人たちが、侍女兼、子守として雇ったのだ。

元は地方子爵家の出らしいが、親が領地経営で失敗。

子だくさん家庭の長女だったゲルダは、働き口を探すも、当時十一歳。

ろくな職場が見つからず困っていたところ、子守の才能を見込まれ離宮に雇用された。

以来、誰より近い侍女——というより、姉のような存在として、マリアはゲルダを慕い、ゲルダはマリアを唯一無二の守るべき姫として、騎士のような忠誠ぶりで仕えている。

「はしゃぎすぎですよ」

「ごめんなさい。嬉《うれ》しすぎて、つい」

言いながらマリアは柵から一歩下がる。その足下には婦人用の旅行鞄《かばん》が二つ。

中身は、下着と着替えといった身の回りの品に、お気に入りの本が数冊。

後は各国の首都にある銀行で現金化ができる為替手形に、投資でちまちまと貯めた株券と、妙齢の淑女が旅をするには、いささか手堅い品揃《しなぞろ》え。

女性らしい贅沢品《ぜいたくひん》と言えば、レースのハンカチと象牙の扇だけだが、マリアは気にしない。

(だって、風景のどこにも黒い鉄柵がないんですもの！)

王妃でなくなれば、王族の離宮に住む権利もなくなる。

使用人たちと涙の別れを済ませて離宮を辞し、悲しみに泣《な》き濡《ぬ》れたのも二日ばかり。

三日目には、見る物、聞く物すべてが新鮮で、楽しくて仕方がなくなった。

(家族のような離宮の人々との別れが、三日も持たないなんて、私、薄情な性格なのかも)

ふと、マリアの頭にそんな考えが過ったが、外界の刺激には抗《あらが》えない。

十三年。一歩たりとも敷地を出ることが許されなかったマリアである。

馬車の車輪がからからと勢いよく鳴る音だって十三年ぶり。

それが船となれば、はしゃぎすぎるのも仕方ないだろう。

風で乱れた白銀の髪を手で直し、紫の瞳をまばたかせてからマリアは姿勢を正す。

「あのね、離宮が嫌だった訳ではないのよ？」

大人たちの身勝手で、離宮に幽閉されていたマリアだが、生活自体は辛くなかった。

最初こそ、泣き喚くマリアに手を焼き、いらだたしげにしていた使用人たちも、マリアの聞き分けがよくなるにつれ、大切に扱ってくれるようになった。

ドレスや宝石、お人形にお菓子など、そういう、贅沢品の購入に関しては厳しかったが、経営や政治に繋がる経験であれば、王妃教育の一環として許された。

農園や果樹園を作り、実った作物を余所《よそ》へ売ることもできたのだ。

外の世界に出られないマリアを哀れみ、外の世界に類似する体験をと、精一杯、骨を折ってくれたのだろうと想像も付く。

だからこそ、感謝はしてもしきれないほどあるし、離宮を去るのは辛かった。

けれど、それでもマリアはずっと外に出てみたかったのだ。

自分が王妃となった国が、どんな風景かも知らない。離宮農園から出荷したチーズや野菜が、どんな道を通って、どういう人たちによって取引されるのかもわからない。

薄い膜を通して世界を見るような息苦しさが、いつだって、マリアにつきまとっていた。

だから、夫である国王ヨハンが、妃に愛する者を迎えたいとやって来た時は、ああ、やっと外に出られると、嬉しさに飛び上がりたくなった。

マリアが望んでも、絶対に手に入れられなかった自由が、やっと手に入るのだと。

「今でも、皆に感謝しています。私が幸せに十八歳を迎えられ、こうして、生きて敷地の外に出られるのは、わずかばかりの幸運と、たくさんの協力のおかげだと」

お礼を示すため、ゲルダに向かって丁寧に頭を下げる。

(あのまま、両親を探し泣き喚くばかりだったら、きっと嫌われて、世話されず、死んだわ)

ゲルダに出会い、自分より辛い境遇を知り、生き延びるにはよい子でいるべきだと悟った時から、マリアの行動基準は、自分から、周囲に変化した。

離宮で働く者たちを大切にすれば、きっと大切にしてくれる——と。

にこにこと笑っていると、ゲルダは顔をしかめ、マリアの足下にある荷物を手に取る。

「そこは疑っておりません。マリア様がはしゃぐ気持ちはわかります。私たちと違って、お遣いでちょっと外に……ということも許されませんでしたし」

先王が命じた離宮外へのお出かけ禁止に関しては、ことさら厳格に守られていた。

買い物に、長期休暇や家族の慶弔と、外出が許されていたゲルダたち侍女とは違い、マリアは一歩だって敷地の外に出ることは叶《かな》わなかったのだ。

「ええと、だったらどうして、そんなに不機嫌なの？」

手を伸ばそうとするゲルダに先んじて、マリアは旅行鞄を抱え上げた。

もう王妃ではないのだ。自分のことは自分でしなければ。

「不機嫌にもなります。……マリア様があんなに譲歩しなくても」

ずっしりとした鞄の重みさえ楽しみつつ、客室内に戻りだしたゲルダを追う。

(ああ、これは、今朝の古新聞に怒っているのだわ)

船旅に必要な小物を入手するため、市に寄った時のことだ。

屋台で買った朝食のパンを包んでいた新聞を見て、ゲルダは怒りだした。

国王が真実の愛を貫き、悪辣な王妃マリアとの離婚訴訟に勝利した、との号外記事だ。

内容は、マリアがいかに浪費家で、わがままで、王宮の悩みの種であったことや、国王が愛する伯爵令嬢イヴァンカを、いかに舞踏会でいじめたかが、たっぷりと記されていた。

(まあ、王宮の悩みの種であったことは、本当なのだけれど)

ずっと離宮で田舎暮らしを満喫していたマリアだ。

舞踏会に出たこともなければ、そこでイヴァンカのドレスをナイフで切り裂いたこともない。

お茶会のケーキに硝子の破片を入れるなんて、もっととんでもない話である。

ケーキを作ってくれた料理人と、丹精して材料を作った農民への冒瀆《ぼうとく》だ。もったいない。

つまり、まるっきりの嘘《うそ》。

しかも、鷲鼻《わしばな》に釣り目、黒髪という、魔女のように個性が強烈な似顔絵が添えられていた。

実際のマリアは銀髪紫眼。肌も真っ白で色素が薄く、おまけにまつげや眉まで銀色なせいか、遠くから見ると背景に馴染《なじ》んで目立たないというのに。

顔立ちだって、きついというより温和で、離宮という箱庭で育ち、浮き世離れした性格になったことも相まって、見た目も性格も、とにかくふわふわと存在感がない。

（うーん、期待される王妃らしさがないのは認めますが）

化粧などしたところで、見るのはおねしょしていたマリアを知る使用人たちと、離宮で飼っている牛猫羊なのだから、面倒臭さが先に立つ。

今日だって、喉元どころか、首から手首までぴったりと隠した白の旅行用ドレスに、同色の帽子という着こなしで、飾りと言えば喉元と帽子で揃いにした空色の絹リボンだけ。

元王妃というよりは、花嫁修業で寄宿舎に預けられている女学生といった風体である。

清楚《せいそ》さと規律正しさばかりが目立ち、女の色気は寄る所がない。

新聞に書かれていた、豊満な肉体の妖艶な悪女とは誰のことか。

ともあれ、マリア本人とは似ても似つかぬ悪妻像が、一方的に広められていた。

幼い頃から、マリアを王妃として大切に守り育てることに誇りを感じてきたゲルダだ。

王の差し金による、一方的な悪口に怒り心頭なのだろう。

だが、とマリアは思う。

（逆に、私は助かっているのですが）

現実のマリアと新聞のマリアが似ても似つかぬほど、人々の目を避けやすい。

名目だろうがなりゆきだろうが、元王妃だったことは事実。

マリアを利用して、ポモーゼ王国の玉座を狙おうとする輩《やから》が出てくる可能性は、充分にある。

厄介事を避けるには、目立たずすみやかに、ポモーゼ王国を離れるのが一番だ。

そう説明し、気にするなと伝えたものの、彼女は感情の面で納得していないようだ。

ゲルダは、離宮で働く方が給金も待遇もいいというのに、〝大切な姫様を一人で追い出せない〟と、着いてきたほどのマリア派なのだ。

心情的には、我が主がというより、妹か娘が馬鹿にされているように感じるのだろう。

ふうっと吐息で前髪を散らす。ともかく、彼女の機嫌を直さなければ。

「新聞記事なんて、大した汚名ではないわ」

「大した汚名です！　姫様は悪くないのに！」

憤慨したゲルダは、旅行鞄を振り回しながら牙を剥《む》く。

「十三年間、辺境の離宮に閉じ込め、挙げ句、好きな女ができたから出ていけ。しかも、自分が悪者になりたくないから、マリア様に汚名を被れだなんて！」

「でも、私も、早く離婚してくれって思っていましたし」

「ええ、離婚は構いませんよ？　でも、それなりの慰謝料を頂いた上、マリア様に非はないと証明して頂かないと！　なのに、一国の王が悪口雑言を流布し、挙げ句、悪妻王妃だなんて！」

新聞記事の見出しのことだ。

『悪妻王妃マリア、ついに離婚される』と記してあった。

それが一番、ゲルダの気に食わないところなのだろう。

「悪妻といっても、私とは似ても似つかない人物像でしたから、別に傷つかないというか」

「だとしても悔しゅうございます！　散々、ええ、散々！　十三年も無視しておきながら、今度は悪妻だなんて、どのツラを下げて！　まあ結構な阿呆《あほう》ヅラでしたけれど！」

「ゲルダ、それは言い過……、うーん、そうかも？」

「そうでございましょう！　大体、あの伯爵令嬢よりマリア様の方がお美しいのに、それがわからないだなんて！　美的感覚も知性もあったものではございません！」

船の客室には二人しか居ないので、ゲルダも国王に対して言いたい放題である。

これは、しばらく言わせておいた方がいいと苦笑し、旅行鞄の中身を片付けていく。

そして、備え付けのテーブルにお茶を用意し終える頃には、ゲルダも随分落ち着いていた。

「それにしても姫様、本当の本当に、本気ですか」

怒りを発散し終えたゲルダが、地図を広げ眺めるマリアの前に腰を下ろす。

「本気です。……それから、姫様はやめましょう！　私、もう、ただのマリアですから」

王妃でなくなったマリアの公的身分は、ポモーゼ王国の平民なのだ。

生き別れた両親が貴族だった気もするが、もう十三年も経過している。

異国の地で連れ去られた娘の戸籍など、とうに死亡処理されているだろう。

「私は、ごく普通の女の子として楽しみたいんです。……この、離婚旅行というやつを！」

目の前で、ゲルダが、何度目かの呆《あき》れ顔《がお》をしていたが、気にしない。

「本当に、ご両親を探されずともいいのですか？」

ネックレスに指をあてていると、ゲルダが気遣わしげな様子で問い掛ける。

「大丈夫です。諦めは付いています。向こうも探してなどいないでしょう」

実家に戻ろうにも、親の名前や身分どころか、出身国さえ覚えてない。

五歳のマリアに、近隣国への旅行へ連れていくと説明していたので、国境を接する国のいずこかと思うが、ポモーゼ王国周辺は、いくつもの国が入り組んでおり、帝国が二つに王国は四つ。海を挟んだ国まで含めれば、さらに三つばかり隣国は増える。

手がかりと言えば、五歳の頃に着けていたブレスレットだけだが、あまり役立ちそうにない。

攫われた時に鎖が切れ、五つあった飾りのうち、二つが消えてしまったのだ。

黄金で菩提樹《ぼだいじゅ》の花を模した意匠は見事だが、珍しいかと言えばそうではない。

生まれた赤子の幸せを願い、贈り物とされる類いのやつで、宝飾店にありふれている。

中が鈴になっていて、振ればシャラシャラと音が鳴るのが、唯一の特徴だ。

今、手元にある三つの飾り鈴は、新しい鎖を通し、ネックレスにして身に着けている。

両親の顔すら思い出せないマリアだが、飾り鈴の音色を聞いていると心が落ち着くからだ。

(家族の思い出がないことを寂しいとは思わない。それ以上に、離宮の大人たちに愛してもらったし、慈しんでもらえた)

自分に、強く言い聞かせる。そうしないと、自分の中にいる、手の付けられない五歳児が、こんなはずではなかったと泣き暴れ、みんなに嫌われるようなことをしでかす気がする。

——ある意味、マリアの癖でもある。

自分は大丈夫。両親がいなくても離宮の大人たちがいるから。産みの親より育ての親。そんな風に己に言い聞かせることで、寂しさや不条理への不満を封印し、王妃らしく、望まれる娘として成長したのだ。

(今更、親や実家がわかったとして、どうにもできないし)

十三年前に生き別れた娘に、〝離婚したので、これからよろしく〟と出戻られても、両親は困ってしまうだろう。

だから実家に戻るという選択肢はマリアにはない。

かといって、身寄りがない者として修道院で余生を暮らす気もない。

せっかく、離宮という鳥籠から放たれたのに、別の鳥籠に入るなど勿体《もったい》ないと思うのだ。

今後をどうするか。うんうんうなり考えていたマリアの頭に、ある日突然、天啓が下りる。

——そうだ。離婚旅行に行こう。


十三年の世間知らずを補《おぎな》うべく、知らない土地へ行き、見聞を広めるのだ。

侍女たちがこっそり回し読みしていた、恋愛小説にだって書いてあった。

恋に破れ、疲れた心を癒やすには失恋旅行が一番だと。

マリアは恋に破れていないし、疲れてはいなかったが、十三年間、幽閉されていた気持ちと身体を解放したい意欲はあった。

それに、新婚旅行に失恋旅行があるなら、離婚旅行だってあったっていいではないか。

未婚の娘が一人でぷらぷら歩いていれば問題だが、離縁され、元夫人と呼ばれる立場にあるマリアなら問題ない。ゲルダだって付いている。

あちこちを旅し、気に入った土地を見つけたら、そこで家を買えばよい。

幸い、マリアには多少の資産がある。

贅沢せず、堅実にやれば、ゲルダと二人暮らすことに問題はない。

儚《はかな》げで存在感の薄い外見とは裏腹に、マリアは思いついたら即行動派だ。

即日、図書館から地図を引っ張り出し、旅行計画を練り上げ——今は、客船の中にいる。

「私たちのいるポモーゼ王国からダニューヴ河を下って、バーゼル帝国の首都で別の船に乗り換えれば、たった二日で西央海《せいおうかい》！　教皇庁のある聖都に水の都ヴェネトです！」

地図の上に、旅行本から書き写してきた挿絵を広げる。

高く巨大な大理石の柱を持つ古代神殿に、盾と兜《かぶと》で武装した勝利の女神像。更には翼を持つ大天使が並ぶ教皇庁の正門と、歴史的名所や建造物が盛りだくさんだ。

その上に、名産物の料理やお菓子の絵はがきを並べるのだから、狭いテーブルはもういっぱいで、ゲルダはお茶をどこに置けばいいのかと困惑している。

「水牛のチーズに熟成葡萄酒《ぶどうしゅ》。後、ガルムという魚醬《ぎょしょう》を使った茹《ゆ》で豚《ぶた》も名物なんですって」

椅子の上に紅茶を避難させ、ゲルダが笑う。

「相変わらずマリア様は食べることが大好きですね。太ったら、服に苦労しますよ」

「その時は新しく服を作ります。ああ、そうだ……！　ゲルダも一緒にドレスを作りましょう。せっかく自由になったのに、離宮のお仕着せと同じ紺色のドレスばかりなんですもの」

「そういう姫様も、白や水色ばかりではないですか」

「だから冒険しましょう。ヴェネトは硝子ビーズが有名で、こんな服も作れるんですって」

旅行記を開く。食べ物にはさほど興味のないゲルダでも、綺麗《きれい》なドレスは話が別。

古参の侍女かつ年長者ということで、いつもつんと澄ましているが、案外少女趣味で、ビーズやレース、フリルにリボンといった小物が大好きなのだ。

「まあ。これは可愛《かわい》いですわね。……お値段も手頃ですし」

「この仕立屋の近くには、トラキアの薔薇《ばら》水を使った化粧品店もあるんですって」

あら、まあ、おやおや、ここにも。と、宝の地図を見るようにして旅先について盛り上がる二人を乗せ、船は岸辺を離れ、河の流れ行く先へと進みだしていた。


順調だったマリアたちの離婚旅行に異変が起きたのは、出港して三日目のことだった。

この日は、現在、乗っている船を下り、さらに南へ行く船に乗り換える予定となっていた。

朝靄《あさもや》が残る大河を、客船が静かに進んでいく。

河岸の景色は、乗り換え予定地であるバーゼル帝国の帝都が近づくにつれ、建物はより立派に、行き交う人々の数は多くなっていった。

早起きして、街の風景を楽しんでいたマリアは、異国の景色に感嘆の息を漏らす。

なんといっても圧巻なのは、皇帝の居城であるグリューネブルン宮殿だ。

周囲を囲む森を越え、灰青色の屋根と淡黄の壁を持った宮殿本宮がどこまでも続く。

マリアが住んでいた田舎離宮はもちろん、ポモーゼの王城など、まるでちっぽけだとわかる。

広大な宮殿敷地内には、いくつもの庭園があり、迷路となっている薔薇園に、珍しい生き物を集めた動物園があると聞く。

いつか行ってみたいと願いながら眺めているうちに、船は河岸に接舷した。

朝食を食べ終えたら、下船の準備をしなければと室内を振り返り、マリアは異変に気づく。

いつも早起きなゲルダが、いつまで経《た》っても起きてこないのだ。

寝室の外から声を掛ければ、はしゃぎすぎて疲れが出たみたいだと答えられ、世話ができないことを詫《わ》びられ、それきり、声を掛けても反応はなし。

心配になって寝室へ入れば、ゲルダがベッドでぐったりしていた。

昨晩、随分早くに部屋へ下がったのは、具合が悪かったのだろう。

主として気づいてやれなかったことを反省する。

だが、いつまでも運行終了した船にはいられない。

なんとかゲルダを着替えさせ、まとめた荷物を引きずるようにして船を下りる。

(どうすればいいの……)

こんなことになるなんて想定外だ。

マリアはもちろんゲルダだって、今まで病気に罹《かか》ったことはほとんどない。

季節の変わり目に熱を出しても、薬を呑《の》み、暖かくしていれば、すぐ元気になれた。

だけどそれは、離宮という安全な環境があってこそだと痛感する。

旅に出れば、気候や食べ物の違いなどから体調を崩すことがあると、熟読した旅行記にも書いてはあったのに、健康な自分たちは大丈夫と軽く見ていたのだ。

(早く、宿を見つけなければ)

とは言え、乗り継ぎで立ち寄るだけの予定だったので、宿泊先に当てがない。

女二人が安心して泊まれるような宿は、総じて敷居が高い。

事前に手紙で予約するか常連の紹介があればいいが、そうでない場合は断られても文句は言えない。

（となると、下町かしら。……旅行記には案内がなかったけれど、行けばなんとかなるかも）

船着き場を離れ、馬車が行き交う大通り沿いに歩く。

広場や市など商人が集う場所には、彼らを目当てとした宿があるはず。

道すがらに人を捕まえて市の場所を聞くが、誰も教えてくれず立ち去っていく。

理由はわかっている。言葉が通じないせいだ。

ここポモーゼ王国は、同じ言語を使うと旅行本に書いてあったが、まるで通じない。

マリアが話しかけると、皆一様に驚いた顔をし、聞きづらそうなしかめっ面になる。

そして、頭を振られて立ち去り――酷《ひど》い時は、衛兵を呼ばれそうになった。

彼らが話す、早口で独特の発音は、マリアにとっても耳にした事のないものだ。

貴族向けの旅行記で予習したマリアは知らなかったが、首都や大都市といっても、貴族でない下町暮らしの平民たちが、社交言語である大陸公用語など知る由もない。

民は、隠語や略語まみれとなった、地元のバーゼル語だけを話す。

元が同じなため、発音や用法に気を付け、根気強くねばれば相互理解は可能なのだが、帝都のせっかちな下町っ子にそんな時間はない。

人に尋ね、逃げられと繰り返すうちに、マリアたちは路地裏に足を踏み入れていた。

(ゲルダの身体が熱い。……早く、休めるようにして、お医者様を呼んでもらわなければ)

崩れ落ちそうな膝に力を込めて、ゲルダの身体を支え直すと、彼女が辛そうな声で呻《うめ》く。

「申し訳ありません、マリア様。私が、体調を崩したりするから」

「なにを言うの。……人間、身体が弱るのも、それを助けるのも当然のことです」

血色の悪い顔をますます陰らせてうつむくゲルダを、マリアは励ます。

「ですが、病気の私さえいなければ、マリア様はきちんとした宿を得られるでしょうに……」

散々、断られた原因を、自分のせいだと勘違いしているようだ。

「そうではありません。違う理由です。ゲルダは、なんにも悪くない」

病人に、言葉が通じないと伝え不安がらせるのはよくないと、マリアは言い訳にもならないことを口にし、前を向く。

「それに、こういうのも旅の醍醐味《だいごみ》だって、本に書いてありました。……身体がきつい時に申し訳ないけれど、私は、嫌だなんて思ってませんからね」

意地っ張りな言い方だが、そうでもしないとゲルダはいつまでも気に病んでしまうのだ。

けれど、周囲の景色はどんどん薄汚れ、見慣れないものになっていく。

(どうしよう……)

判断しかねつつ顔を上げると、視界の先に一人の男の姿が目に入った。

逆光で顔は見えないが、どことなく雰囲気が他の者とは違う。

服も、シャツに黒いズボンと簡素ではあるが、白蝶貝《はくちょうがい》のボタンが付いた高級品と見て取れる。

裕福な商人だろうか。であれば顧客に貴族がいて――言葉が通じるかもしれない。

逃せば次はない。そんな気持ちで歩みを早めた瞬間だった。

脇道から飛び出してきた子どもたちに足を取られ、マリアはゲルダと大きくよろめく。

「危ない！」

声を上げながら、目当ての男が駆け寄ってくる。

自分はともかくゲルダを守らねば。

とっさに考え、マリアは荷物もなにもかもを手放して、男の方へゲルダを押す。

ふらつき力ないゲルダが、男の胸に抱き留められたのを見て安堵したのも束《つか》の間《ま》、おぼつかない足が石畳を踏んだと同時に身体が傾《かし》ぎ、マリアはその場で転倒してしまう。

日差し除《よ》けに被っていた帽子がずれ落ち、尻を打ったと同時に髪飾りのばねが弾け、頭の後ろでまとめていた銀髪が一瞬でほどけ落ちた。

「あいたたた……」

痛みに立ち上がることができず、マリアは石畳へ座り込む。

最悪なことに尻が落ちた場所はくぼみで、ドレスが泥水で汚れてしまう。

「大丈夫か」

言われ、顔を上げた瞬間、マリアは息を呑んでいた。

背が高い男だった。

遠目にも長身とわかってはいたが、間近にあると尚更《なおさら》、体躯《たいく》の見事さに圧倒される。

しっかりした肩やシャツ越しにも筋肉の形がわかる腕。その上、激しく動いた後だというのに乱れない息づかいから、男が相当に肉体を鍛えているのだとわかる。

顔貌《がんぼう》も見事だ。

すっきりと通った鼻筋に、勢いのある凜々しい眉。

耳元から顎に掛けての輪郭も鋭く、鷹《たか》のような印象を受けるが、野卑という訳ではない。どころか、つい膝を屈したくなるような、威風と品のよさがある。

驚きにみはられた瞳は、今までに見たことがないほど紅《あか》く美しい。

宝石のように無機質でなく、血のようにくすんでもいない。光と影が同時に存在する――どろどろに溶けた鉄か、溶岩を思わせる色だ。

男の気持ち一つで、苛烈にも寛大にも見えるだろう瞳に気を奪われていると、同じように、彼もマリアの紫眼を見ていることに気づく。

（どうして、鼓動が高鳴っていくのだろう）

落ち着こうと胸に手を当てると、男は、ゲルダを側にいた別の者へ委ねて手を伸ばす。

「おい、大丈夫か。ぶつかったようだが、怪我《けが》はないか」

男の言うことが普通にわかる。言葉が通じる。

安堵で崩れ落ちそうになるが、ここに居るのはマリアだけではない。

「ゲ……、ゲルダ！　大丈夫ッ！」

汚れたドレスどころか、男に礼を告げることすら忘れ、マリアは引き立てられた途端、ゲルダへ駆け寄る。

この騒ぎで緊張の糸が切れたのか、ゲルダは息を乱し目を閉じていた。

「ああ、そんな。どうしよう……！」

異国の地で、宿の当てもなく、連れが病気という状況に青ざめる。

「落ち着け。怪我はないようだが、この女……ゲルダは具合が悪いのか」

「そうです。熱を出して、でも、宿のあてがなくて」

心細さで嗚咽《おえつ》が出そうなのをこらえたため、声が切れ切れになってしまう。

泣き崩れまいと目に力を込め、無我夢中で男の腕に縋《すが》り、頼む。

「お願いです！　宿を、ゲルダを休ませられる所を紹介してください！」

礼儀も身の程も構っている暇はない。

今、この人を逃せば、ゲルダを失うかもしれないという思いが、マリアを急《せ》き立てる。

「お礼はなんだってします。だから……！　お願い」

無作法すぎるからか、男は困惑と驚愕をない交ぜにした表情でマリアを見つめるばかりだ。

やがて痺《しび》れを切らしたのか、ゲルダを支えていた男が間に入る。

「ディートバルト様。こちらの女性は発熱しています。病人というのは嘘ではないようです」

「いずれにせよ、ここで騒ぐのはまずい。憲兵を呼ばれたら元も子もないか……」

はあっ、と大きく息を吐くと、男――ディートバルトは、己の腕を掴《つか》むマリアの手に、自分の手を重ねて告げた。

「大まかだが、そちらの事情は理解した。……泣かなくてもいい。俺が手助けしてやろう」


男はディートバルト・アヒレスという名で、バーゼル帝国で軍人をしていると述べた。ゲルダを支えていた男の方は、ディートバルトの副官で、ヴァルターというらしい。

二人は、マリアを落ち着かせるや否や街馬車を雇い、宮殿の東にある地区へ移動した。

辺りに瀟洒《しょうしゃ》な屋敷が建ち並ぶそこが、貴族の住居地区だと気づいたのは、薬を呑んだゲルダが落ち着き、安らかな寝息を立て始めた後だった。

「なにからなにまで、本当にありがとうございました」

泊まる所や医師だけでなく、ドレスを汚したマリアに着替えと湯まで用意してくれたのだ。

「気にするな。旅先で言葉が通じなければ誰だって混乱する。……俺としては、美しい御夫人方を助け、騎士気分を味わえて、なかなかに楽しかった」

鷹揚《おうよう》な口ぶりで言われるが、今思い出してもとんでもない無作法だ。

羞恥で頬を上気させつつ、マリアは客間の寝室で眠るゲルダへ目を向ける。

「過労ではなくて、風土病だっただなんて……」

ゲルダの病気は、バーゼル帝国を中心に広がる風土病で、発疹《はっしん》と高熱が出るそうだ。

以前は死に至る病だったが、解熱剤と抗菌剤を呑めば一日で治まると聞きほっとした。

「貴女《あなた》が免疫を保っていた事の方が幸運だ。二人して倒れていたらどうなっていたことか。……ポモーゼ王国の者はこの病に対して弱い。あの国は、未《いま》だに、医療より呪術師に頼る。我が帝国では、幼少の頃に種痘《しゅとう》を受けて、罹らなくなる者がほとんどだというのに」

土地柄だろうなと苦笑するディートバルトに、マリアは同意する。

本当にそうだ。――だからこそ、マリアがうっかり王妃になれたのかもしれないが。

「とても助かりました。気づかず、あのまま二人で街をさまよっていたらと思うと」

死ぬことは滅多《めった》にないが、発熱して日が経つにつれ、体中に湿疹《しっしん》が現れ、醜く消えないあばたとなって永遠に残るというのだ。若い女にとって、これほど辛いことはない。

「薬が効けばすぐ治まる。その上、一度罹るか種痘を受けていれば、今後は一生罹ることがない。風土病は、旅につきものの災難ではあるが、早く終わってよかったと思えばいい」

安心させるためか、ディートバルトはマリアの肩を軽く叩く。

「貴女も疲れただろう。茶の用意をさせたから、少しこちらで休め」

迷いなく差し伸べられた手にどきりとしつつ指を伸ばすと、彼は笑って、マリアの手を取り、客室に備え付けられている居間へ案内した。

全体的に小ぶりではあるが、趣味のいい屋敷だ。

濃藍に塗られた腰板に淡い藤色をした壁紙。よく磨かれ飴色《あめいろ》となった寝具や鏡台。

装飾は抑えめだが、窓際に飾られている大きな花瓶が素晴らしい。

小鳥や花を立体的に造形した花瓶の装飾を見て、マリアは、バーゼル帝国が誇るメイセンの高級陶磁器だと目星を付ける。

各国の王侯貴族が、資産を売り払ってでも手に入れようとする、天井知らずの逸品だ。

どうかしたら、あの花瓶一つで、この屋敷が丸ごと買えるのではないか。

それが、ごく無造作に客室へ飾られていることに内心で驚く。

花瓶だけではない。居間のテーブルの上に用意された紅茶のポットやカップ、砂糖壷《つぼ》に至るまでがメイセンの高級陶磁器だ。

揃う茶器を目で改めていたマリアは、こっそりと賞賛の吐息を呑《の》み込《こ》む。

(白磁の肌合いを活《い》かした白百合《しらゆり》の意匠は、四代前のバーゼル帝国皇后アマリエ様が手がけた品で、よほど手柄のある者か、皇室に縁がある者しか手にできないと、有名なのに……)

貴重な品をためらいもなく普段使いにしていることに、驚いてしまう。

マリアが椅子に座ると、ディートバルトが慣れた手つきで紅茶を煎れだした。

(かなりご身分が高い様子だけど、気さくというか、生活に慣れているのは、軍にいらっしゃったからかしら?)

シャツにズボンという、飾らない服装で下町を歩いていたのは、お忍びだと考えられるが、こうして、なにくれとなくマリアたちに世話を焼くなど、貴族の男性としては珍しい。

(それにしても、この家は……普段使いにしては、寂しいような?)

そう考えていたマリアの内心を見抜いたように、ディートバルトが片目をまばたかせた。

「立場柄、人目が煩わしくなることがあってな。……たまに、こういう隠れ家じみた屋敷で息抜きをしている。使用人もあまり置かないようにしてな」

「それは、大変申し訳ないことを。……せっかく、静かに休息してらしたのに、お邪魔して」

「思いがけない来客も楽しいものだ。肩書きや血筋で値踏みされない相手なら、なおのこと」

相づちを打ちながら、裏で、身分については詮索しないよう釘《くぎ》を刺すのが、抜け目ない。

「そうですね。私としても、旅先での意外な出会いを楽しもうと思います。きっと、たくさんの思い出の一つとなるでしょう」

思い出の一つだから、見聞きしたことなんて、すぐ忘れますよと言外にほのめかせれば、ほう――という風に、ディートバルトが眉を上げた。

「誰が住んでいる訳でもない屋敷だ。連れの病が治った後も、好きなだけ滞在するがいい」

喉を鳴らし上機嫌に告げられ、マリアは社交向けの微笑みのまま考える。

行きずりの男に頼るなど、正気の沙汰ではないが、ディートバルトについては安心できる。豪勢な屋敷や服などは、よからぬ金でも用意できるけれど、皇室由来の陶磁器や身についた所作はそうもいかない。

――間違いなく貴族。それも、かなり裕福な家柄の。

身分が保障されている者が、悪事を働き騒ぎを起こすとは思えない。

それとは別に、ディートバルトには人を安心させ、従わせる麗質のようなものがある。軍人で、部下を率いるのに慣れているだけかもしれないが、人助けにためらいがないことや、手配の速さが素晴らしい。

「心遣い、痛み入ります。本当に。……ですが、甘えるわけにはいきません。ゲルダの体調が戻り次第、おいとまさせていただこうかと考えておりますので」

「おいとま……。行く当てがあるのか」

先ほどは誤って裏道へ入り下町に迷い込んだため、会話も宿探しも上手《うま》くいかなかったが、宮殿側――貴族が多く、公用語が通じる場所ならば、マリアにだって宿は取れる。

「適当なところで宿を取るか……あるいは予定通り、船で次の国へ移動することになるかと」

きっぱり言いのけると、ディートバルトが目をみはり、二度、まばたきさせた。

「海上都市ヴェネトへ行く予定だったか。……急ぐのか」

この屋敷に来るまでの間に、侍女を連れてポモーゼ王国から旅立ったことや、訪れようと考えている国のことは話していた。

「急ぎではないのですが、見知らぬ女が貴方《あなた》の屋敷に滞在しているとなれば、余計な噂《うわさ》も出てくるでしょう。既婚、未婚に関わらず、不名誉な噂になるのは心苦しく」

善意で助けた相手のせいで縁談が潰れたり、浮気を疑われては、目もあてられない。

「素直な人だな、貴女は。……欲がないというか、打算をしないというか」

誤解だと頭を上げた途端、ディートバルトの顔が眼に入る。

思うより間近に迫る男の顔貌に、マリアはかあぁっと頬を赤くし眼を反らす。

(不用意に、顔を近づけないでほしい……)

助けを求めてからここに来るまでは、ゲルダの容態が気がかりで、落ち着いてものを考えたり感じたりする状況になかった。

だが、こうして向かい合って話す余裕が出てくると、今度は違うことで心が騒ぐ。

ディートバルトのことが気になって仕方がない。

見惚《みと》れてしまうほどの美丈夫だ。そんな男が自分だけを見つめる様子に、鼓動が乱れる。

(きっと、離宮にいない雰囲気の人だから)

胸に手を当て、マリアは慎重に息を漏らす。

離宮にはこんなに若く、頑強な体躯を持つ――言い換えれば、まぶしいほどの生命力だとか、見た目で知れる剛《つよ》さを持った男性はいなかった。

だから、好奇心と驚きでどきどきしているだけだ。

自分の気持ちを落ち着かせ、マリアは顔を上げた。

「この御恩は必ずお返し致します。私を、なによりゲルダを助けてくれてありがとう」

まっすぐにディートバルトを見た瞬間、彼は口元に手を当て、わずかに身を退く。

（どうしたのかしら？　なにかおかしなことを……ああ、言いましたね）

笑いをこらえるようなディートバルトの仕草に、状況を振り返ったマリアは合点する。

気持ちを伝えるためにお礼をと口にしたが、正直、どうお礼するかわかっていない。

お金で済ませることが一番妥当で手早いだろうが、これほどの屋敷を持つディートバルトに、マリア程度が用意できる金品が必要かと言われると疑わしい。

離婚で王妃から平民になったので、政治権力や後ろ盾の紹介もできそうにない。

（うーん、離宮で取れる野菜……なんてのは、駄目でしょうね）

ちらっと相手をうかがうと、ディートバルトもなにか考え込んでいる。しかも、笑いを堪えすぎているのか、ちょっと怒っているのか、耳が心なしか赤らんでいる気もする。

やましい気持ちや考えはないのだが、どこかで失礼な物言いをしてしまったのだろうか。

離宮以外の世界を知らないマリアは、こういう時に、どう取り繕えばいいのかわからない。

（人付き合いって難しいな）

などと考えていると、診察した医師を送りに出たヴァルターが、部屋へ戻って来た。

「ディートバルト様。少々よろしいでしょうか？」

「どうした。医師を送ったにしては遅かったが。途中で忘れ物でも思い出したか」

「そうではなく。……例の、ラウエンブルグ家の乳母についてですが」

先を話していいかどうか迷うように、ヴァルターがちらっとマリアの方をうかがう。

（ラウエンブルグ家……北の選帝侯家ですか）

バーゼル帝国は、他国と異なる方法で皇帝を決めている。

血筋ではなく、選帝侯と呼ばれる者たちの会議と投票で皇帝が決定するのだ。

ちなみに選帝〝侯〟と呼ばれているが、貴族の爵位ではない。

東西南北の四大公爵家当主と二名の大司祭。それに民を代表する最高裁判所長官。

この皇帝を選ぶ権利を持つ七人の〝諸侯〟のことを、選帝侯と呼ぶ。

基本は皇帝の長子を最優先候補として評議するが、その第一皇子に統治能力なし、あるいは病で子が成せないなどの欠格事項があれば、それぞれの選帝侯が、次の皇帝に相応しいと思う皇子や貴族を擁立して比較検討する。

（現在のバーゼル皇帝は老齢で、次の後継者が定まっていないとお聞きしましたが）

離宮に出入りする商人が、そんなことを言っていたのだ。

バーゼル皇帝は老齢な上、皇太子がいないと。

亡くなった皇后との間に子どもができず、だが彼女を愛しすぎるあまり再婚を望まず、皇帝は自らの地位を継ぐ次代の選出を、選帝候らに一任すると決めたのだ。

他の皇族と言えば、外国に嫁いだ皇帝の妹姫と、その子ら——皇帝の甥《おい》や姪《めい》だが、他国生まれ、他国育ちの王子を、易々《やすやす》と帝国の玉座に迎えていては、国が乗っ取られてしまう。

そこで、各々の選帝候が、皇帝候補生を擁立し意見を戦わせているはずだが。

(関わらない方がいい)

決断し、マリアは紅茶のカップをテーブルへ戻し、ゲルダの様子を見ると伝え席を立つ。

この国に長く滞在するならともかく、マリアたちは行きずりの異邦人だ。政情に関わる話とは距離を置く方がいいだろう。

「それにしても。……ラウエンブルグですか」

ゲルダの額にあてていた布を水に浸しつつ、マリアはつぶやく。

(ディートバルト様は、選帝候にゆかりの方なのかしら)

この瀟洒な隠れ家も、中にある貴重な装飾品も、選帝候の血縁と考えればしっくりくる。

ラウエンブルグ公爵——あるいは選帝候家は、帝国でも有名な軍門一族。

であるなら、その部下の血筋か、嫁いだ姉妹の息子か。まあ、そんなところだろう。

当代のラウエンブルグ選帝候は誰だったか。思い出そうにも、離宮暮らしで世情に疎いマリアにはさっぱりわからない。

(まるで関係ないもの。間に樹海を挟んだ先にある帝国のことなんて)

侵略する手間はあっても価値がない。故に生き残った国——それがポモーゼなのだから。

軍人であるディートバルトが、なぜ乳母探しをしているのか興味深いが、詮索しないという約束だったので、これ以上は考えない。

ゲルダの額に掌《てのひら》を当て、ついで、濡《ぬ》れ冷やした布を置く。

薬が効いてきたのか、熱は随分下がっており、頬にあった赤味《あかみ》も大分落ち着いていた。

枕元にある椅子に座りゲルダを見守っていると、ディートバルトから声を掛けられる。

帰るのだろうかと居間へ戻れば、ソファで足を組み苦笑しているディートバルトと、その背後で渋い顔をするヴァルターが目に入った。

どうしたのだろうと思いつつ、促されるままソファへ座ると、ディートバルトは指を絡めた手に顎を乗せ、身を乗り出し気味にしてマリアへ尋ねた。

「不躾《ぶしつけ》なのはわかっているが、教えてほしい。……マリアは、ヴェネトへ行くといっていたな」

「はい、そうですけれど」

ここバーゼル帝国の首都ヴェアンから船を乗り換え、海上都市ヴェネトへ向かうのだ。

「親戚でもいるのか？　それとも実家に帰るところだとか」

「いえ、親戚どころか身寄りがいません。見聞を広めるための観光と言いますか」

「女性二人で観光？　しかも身寄りがないとは、どういう……」

よほど驚いたのか、お行儀よくディートバルトの背後に控えていたヴァルターが、口を挟む。

「お恥ずかしい話。私、夫から離縁されまして。実家とも縁がありませんし」

「離婚だと？　貴女の若さでか」

今度はディートバルトが驚いたようだ。だが、なにがおかしいのだろう。

貴族の子女は十六歳で社交界にお披露目《ひろめ》され、二十二歳までに結婚するのが一般的だが、相手を自由に選べるわけではない。

家同士が決めた許嫁《いいなずけ》がいる者などは、十四歳で他家に嫁ぐこともある。

マリアのように五歳で結婚は早すぎるが、歴史を掘り返せばいくらでも前例が見つかる。

「政治的な事情がありまして」

現状を正直に話す。嘘ではない。ただ、離婚した夫がポモーゼ国王だということや、うっかり拾った指輪が原因で、マリアが王妃になってしまったことを口にしないだけだ。

「そうか。しかし……。その、不躾な質問だが、十八歳で離縁の上に身寄りがないということは、ヴェネトに目当ての修道院でもあるのか」

さらに身を乗り出し、迫るような勢いで問い詰められ、マリアはあわてて両手を振る。

「いえいいえ。とんでもありません。やっと自由になれましたので、しばらく旅をして、それから気に入った土地に家でも購入し、ゲルダと暮らして行こうかと。……結婚してからこちら、夫の離きゅ……いえ、土地から離れられなかったもので」

お金はありますし、女二人暮らすぐらいなら、なんとかなるはずだと続けるや否や、ディートバルトの後ろにいたヴァルターが、天井を見て嘆息した。

「ありえませんな……」

そうだろうと思う。結婚適齢期真っ盛りの年齢で離婚を言い渡されたのも、夫の家――マリアの場合は離宮だが――から出してもらえないのも、ありえないことだ。

だが、現実にマリアはここにいるし、旅も続けるつもりだ。

「身分証明を改めていただければ」

あまりにも二人が驚き、言葉を失っているので、マリアは手提げ袋の中から身分証明書を取りディートバルトへ差し出す。

彼は、少しためらった後に、二つに折り畳まれていた紙を開いた。

中には、マリア・リンデンブルグという新たな名と、出身地として離宮のある村の名前、それに、離婚により居住地変更という、そっけない旅の理由が記されていた。

ディートバルトは二度、しっかりと目を走らせてから、後ろのヴァルターに身分証明をひらひらと見せ、うなる。

「離婚して身寄りもない。旅の目的も特に定めていない。そういう理由か」

呆れかえり、話にならないという表情をしているヴァルターとは逆に、ディートバルトは妙に真剣な顔をし、なにごとか考えている。

「……好都合だな」

「ディートバルト閣下！」

「そうだろうヴァルター。これは運が向いてきたかもしれんぞ」

ですが、と言いかけた部下の言葉を手で遮り、ディートバルトはマリアへ向き直る。

「貴女は、俺に対し、助けてくれたら必ず恩を返すといった」

念押しするように人差し指を立てられ、マリアは迫力に気圧《けお》されるままにうなずく。

なにを言うつもりだろう。まるで話の先が読めない。

緊張に身を固くしていると、一瞬だけ、ディートバルトが悔やむように唇を引き締め、それから、どこか皮肉めいた笑いを見せた。

「だったら、恩返しとして、貴女の旅に、我々も同行させてもらえないだろうか」

「ディートバルト様たちを、ヴェネトへの旅に……ですか」

マリアがためらいの色を見せれば、ディートバルトは道化じみた仕草で肩をすくめた。

「身の安全は保障するし、旅費や宿泊についても、こちらが用意しよう。これまでより、ずっと楽に旅行できると思うのだが」

なんだかきな臭い。なにより、理由が見えないのがよくない。

「心苦しい指摘ですが、危ない方は、自分から危ないと宣言しないのではありませんか」

感じたままに伝えると、男二人が同時に瞠目《どうもく》し、顔を見合わせた。

「ディートバルト様の申し出は、あまりにも、私たちにとって都合がよすぎます。……美味い話には裏があるとも言いますし。……もちろん、助けていただいた以上は前向きに検討いたしますが、旅の理由や背景を知らなければ、恩返しに妥当か否かの判断ができません」

マリアは自身だけでなく、ゲルダに対しても責任を持たなければならないのだ。

そう指摘した途端、ディートバルトが爆笑しだす。

「なるほど。……貴女には、都合のいいことで懐柔《かいじゅう》するより、理を説いた方がよさげだな」

くつくつと喉を鳴らしながら、ディートバルトは額に落ちかかってきた黒髪を、無造作に後ろへ撫《な》でつける。

秀でた額が剥《む》き出《だ》しになると、その分、精悍《せいかん》さと特徴的な紅眼が目立つ。

マリアは、ディートバルトが見せた、不意打ちの男臭さにドキリとしてしまう。

(どうしたのだろう、私。……そんな場合でもないのに)

うろたえながら胸を押さえる。

すると、その仕草が警戒に見えたのだろう。彼は安心しろと前置きして説明しだした。

「実は、極秘で人を探したい。……手がかりとなる者が、海上都市ヴェネトに移住したことまでは突き止めたので、直接尋ねようと考えているのだが、頭の固い奴《やつ》に反対されていてな」

わざとらしく咳払《せきばら》いをし、ディートバルトはしかめっ面で誰かの声を真似《まね》る。

「立場のある身でお忍び旅行など、正気の沙汰ではございませぬ。代替わり直前に、軽率なことをしでかすのはおやめください……とな」

ああ、とうなずきながら、マリアはなんとなく事情を察する。

つまり彼は貴族の跡継ぎで、親から爵位を譲られようとしているのだろう。

そんな大事な時期に国外旅行など、絶対に反対されるに決まっている。

「ですが、ディートバルト様なら、ご自身で抜け出すことが可能では？」

初対面の場所と状況を顧みて判断する。

離宮育ちのマリアとは異なり、ディートバルトは軍人で世慣れている。

旅も初めてという訳ではなさそうだし、ある程度、自由にできる金もある。

ならば、お目付役の老使用人の小言などものともせず、旅を強行できそうではないか。

首を傾げて相手を見れば、彼は出来のいい生徒に対する教師のように、楽しげに話しだす。

「反対しているのが身内だけならそうしたが、生憎《あいにく》、対立する相手にも感づかれ始めている。俺の人捜しが成功すれば、あちらにとって都合が悪いからな。見つからないためには……」

そこで言葉を切り、ディートバルトは冷めた紅茶で喉を潤す。

「つまり偽装という訳ですか」

「話が早い。男二人連れではいかにもだが、女性を連れているなら、観光や社交と目くらましできる」

なるほど。確かにマリアはあつらえ向きだ。

未婚の娘が男連れで旅行するのは醜聞《しゅうぶん》だが、未亡人などの結婚歴があった女であれば、社交界もうるさくない。

この時代、結婚前の純潔にはうるさいが、一度既婚者となってしまえば、締め付けは緩む。

生まれた赤子が誰の子で、どの家を継ぐかをハッキリさせておかなければ、貴族間の揉《も》め事《ごと》が多発するからで、国によっては、〝跡継ぎを生んだ後から恋愛が始まる〟と豪語されるほど。

未婚の娘との旅行なら大問題だが、離婚歴があるマリアと旅行したところで、ディートバルトはなんら責任を負う必要がなく、名誉を穢《けが》されることもない。——という訳だ。

マリアにしてみても、特段の問題はない。

もう王妃でも爵位持ちでもないため、社交界に出入りする予定がまったくない。

再婚に至っては尚更で、親が不在かつ、当面の暮らしに困らないマリアだ。

親戚などから夫をあてがわれることなどないし、探す必要はもっとなかった。

(だとすると、悪い話ではない)

ディートバルトたちが一緒であれば安心だ。

病気のゲルダを連れ歩いて気づいたが、女だけだと、できることが限られる。

宿一つ取るのも苦労するし、どちらかが倒れればすぐに行き詰まる。

善意からの申し出ならば遠慮してしまうが、ディートバルトたちにも、疑われずに行動できるという利点がある。

知り合ったばかりの男性と、旅の道行きを同道するのは軽率である。

しかしディートバルトは信頼できる。見ず知らずの自分たちを助けてくれたのだから。

（それに、詮索されたくないのは、お互い同じ）

帝国軍人で貴族としかわからないが、相手からすればマリアも同じようなものだろう。

なにより、ディートバルトとは、もう少し話をしてみたい。

考えるうちにうつむきがちになっていたマリアは、上目でディートバルトを盗み見る。

とても興味深い人物だ。今までの人生に、ディートバルトのような男性はいない。

離宮で育ち、社交界に関わることもなかったので、貴族の男性にどのような傾向があるかわからないが、それでも、ディートバルトが変わっていることはわかる。

平民のような姿で下町を歩いていたり、見ず知らずの女性を迷わず助けたり。

身分のある者にしては、気さくなところが変わっていると思う。

だが不快ではない。どころか好ましいと思う。

彼が見る世界が、どのようなものか知りたい。きっと、マリアとは随分違うだろう。

自分とは違う視点や考え方の者と話すことは、十三年間、接する人が限られていたマリアにとって、この上なく甘美な果実であり、得難い体験であった。

一つ一つ検討し、うなずき、最後に返事をすべく顔を上げると、微笑ましいものを見るような目で、ディートバルトがマリアを見ていた。

はっとしながら息を呑む。

黙っておらず、言葉や態度で急《せ》かし、あるいは恩を着せ、己の都合のよいようにマリアの思考を誘導することもできたのに、ディートバルトはあえてそうせず、マリアが考え、決断を下すのを見守っていてくれたのだ。

大人で懐の深い態度で待たれたことに、マリアの胸が理由もなくときめく。

自分の肉体が説明の付かない反応を示すことに驚き、戸惑っていると、ディートバルトが、ふと優しく笑い、それから、丁寧な態度で頭を下げた。

「今度は、俺たちを助けると思って手を貸してほしい。……どうだろう、マリア」

満面の笑顔を見せるディートバルトに対し、ずるいと思った。

そんな言われ方をして断るなど、本当に恩知らずではないか。

だからマリアは黙ってうなずき、ディートバルトへ了承の意を伝えてみせた。

第三章　離婚された王妃、謎の男と偽装夫婦になる

「マリア様、本当によろしいのですか」

軽快に車輪の音を響かせる馬車の中、膝の上を掴んだり離したりしながらゲルダが問う。

日差し除け越しに外を見ていたマリアは、心配げな侍女に微笑んだ。

「旅立つ前ならまだしも、今更だわ」

旅に同道させてほしいとの申し出を受け、すでに四日。

馬車はもうすぐ、目的地である海上都市ヴェネトの領域へ入ろうとしていた。

とはいえ船ではなく、馬車を使った街道伝いの移動だ。その方が最短距離で近いのだ。

ディートバルトとヴァルターは護衛を兼ね、馬車の前後で騎乗している。

付き添いは御者の老爺《ろうや》のみだが、行程のほとんどで街道を使うので、これで問題ないらしい。

マリアたちが初めての旅なのに対して、ディートバルトたちは慣れたもので、荷造りも宿の手配もびっくりするほど手際よかった。

軍の用事であちこちの国を飛び回っていたので、周辺諸国についても詳しいのだそうだ。

だから休憩がてら、道沿いにある遺跡に立ち寄っては、由来を語りながら案内してくれる。

おとつい、宿近くを皆でぞろ歩いた際も、ディートバルトは、あれこれと屋台を覗《のぞ》いては、地元の食をマリアに食べさせたがった。

(クネーデルだったかしら。あのお団子……美味《おい》しかった)

ふかして潰したじゃがいもに、豚肉の燻製《くんせい》や玉ねぎを刻んだ物を混ぜ、丸めて揚げた軽食だ。

塩気とじゃがいもの甘みが絶妙で、スパイスで炒《いた》めたレバー肉を入れた物や、甘く煮た栗《くり》を入れたおやつ用と、ついつい食べ過ぎ――夕食が入らず、ゲルダに怒られた。

当初こそ、慣れない連れに緊張していたマリアも、気さくに笑いかけ、いろいろと教えてもらううちに力が抜けて、今では、ディートバルトと軽口を言い合うほどになった。

旅の道連れは多い方が楽しく、安全だと本に書いてあったが、本当にそうだ。

マリアたちだけの旅なら、到底、ここまで満喫できなかっただろう。

「生活上、困っていることは特にないと思うのですが。むしろ、ディートバルト様たちがいてくれて、助かることばかりで恐縮するというか」

「そりゃあね、助けてもらった恩も信頼もありますよ? 第一、男手があった方がなにかと便利ですし、安心の度合いも違います。頼もしさはこの上ありません」

背筋を伸ばし、指を一本一本立てていきながら肯定したゲルダは、手が開ききった瞬間、ぐっと拳を握りしめ、向かい合うマリアへ身を乗り出す。

「ですが、あの身分証明はないかと……！」

ゲルダは、ディートバルトが用意した身分証明書が気に入らないのだ。

――ディートバルト・アヒレス卿《きょう》とその妻マリア。

たった二日で用意された偽の身分証明書には、そういう風に書いてあった。

一瞬、泡を喰ってしまったが、よく考えれば、それ以外の関係を偽造しようがない。

ディートバルトとマリアは十二歳差。

親子というには年が近すぎるし、兄妹では離れ過ぎている。

ならば主従関係はと思うも、ディートバルトが、他人に膝を屈している姿が頭に浮かばない。

では、マリアがと思うも、ディートバルトがあっさり拒否した。

見た目から世間知らずのマリアが侍女の振りなど、無理と判断したのだろう。

では、マリアより世慣れているゲルダが、妻の役をした方がいいのではないかと思ったが、ヴェネトでは、社交界に顔を出すこともあると聞かされ、観念した。

（まあ、そこも込みで、私を旅にと考えられたのでしょうが）

社交界の知識があり、帝国公用語や歌劇などの教養も備えた身代わり女など、そうそう転がっているとも思えない。

そんな訳で、マリアは書類上、ディートバルトの妻ということになっていた。

「大丈夫です。昨日も、昨晩もなにもありませんでしたし」

旅行中で、侍女もいるからとの建前を押し通し、男女で宿の部屋を分けていた。

「なにかあっては遅いのですよ、姫様！　もし身を穢されるようなことがありましたら！」

「……離婚された時点で、醜聞も名誉もないような？」

「姫様！」

うっかり漏らした本音に、ゲルダが悲鳴じみた声を上げて食らいつく。

これは長い説教が始まるなと苦笑すれば、突然、馬車が停止し、窓硝子が軽く叩かれた。

なにがあったのかと窓を開けば、馬を寄せたディートバルトが覗《のぞ》き込《こ》んでくる。

初夏も近いとあってか日差しは強く、そのため、彼の額にも汗が浮き、騎乗で乱れた前髪が一筋二筋と張り付いているのが、変に艶っぽい。

思わぬ近さから男の色気を見せつけられ、ドキリとしながらマリアが身を退くが、ディートバルトは気づかぬ様子でシャツの袖で額を拭い、語りかけた。

「もうすぐ、最後の丘陵地帯が終わる。そうすれば海上都市ヴェネトまではずっと下りだ」

バーゼル帝国と海上都市ヴェネトの間に立ちはだかる、アペニン山脈が終わるというのだ。

けれど、それと、馬を止めたことになんの関係があるのだろう。

首をひねっていると、ディートバルトが悪戯っぽく口角を上げる。

「街と海が一望できるが、見てみたくないか？」

「見てみたいです！」

マリアは、生まれてこの方、海という物を見たことがないのだ。

打てば響く早さで返事をすると、よしっ、と笑われて扉が開かれる。

窓にもたれ掛かる形で会話していたマリアは、そのまま座席から落ちかけるが、怖いと思う時間もなく、ディートバルトの腕に掬《すく》い上げられた。

浮遊感に目をみはっているうちに、マリアの身体は、馬車から黒馬へ移し変えられる。

「わっ！」

声を上げた時には、もう鞍《くら》へ横座りになっていて、マリアの両脇をくぐらせる形でディートバルトが手綱を握り直す。

「羽のように軽いな、貴女は。……あんなに食べるのに」

耳元で喉を鳴らされ、意図するより早く顔が上気する。

「旅の楽しみは別腹です。それに、ディートバルト様が、色々お勧めくださるから、つい」

馬の具合を確かめるように周囲を少し歩かせ、ディートバルトは笑う。

「それは悪かった。だが、貴女が物を食べる時の表情は本当に多彩で、見ていて飽きなくてな。どうにも、いろいろと食べさせたくなる」

言うなり、手綱を絞り、マリアの腰を引き寄せた。

（わっ……っ）

巣から落ちたひな鳥みたいに目を丸くし、身をすくめる。

これ以上ないほどぴったりと、ディートバルトの肉体が密着している。

服の布地越しに感じる熱や、鼓動の生々しさに驚き、呼吸を速くしていると、鞍の端を握っていた手を取られてしまう。

「ほら、もう少し身を寄せて。しっかりと俺に捕まっていろ」

落ちると危ないから、と自分の腰にマリアの両腕を回したディートバルトは、背筋を伸ばすなり裂帛《れっぱく》の声を掛けた。

たちまち馬が駆け始め、乗っていた馬車が遠くなる。

古代からある路石や街道の側を飾る木々が、流れる水のように形をなくす。

山の斜面沿いに海から吹く風が乾いているのも、檸檬《れもん》の香りを帯びているのも、なにもかも初体験で異国を感じさせるというのに、マリアは何一つ味わえない。

自分を腕に抱き、風を切って進む男の存在が気になって仕方ないのだ。

おかしいと思う。馬に乗ることも、この速さで駆けることも離宮でやった。初めてではない。なのに、まるで気持ちが落ち着かず、心が昂《たか》ぶっている。

夫であったヨハンを前にしても、こんな風に鼓動が速くならなかったのに、どうしてだろうと不思議に思う。

自分より逞《たくま》しく力強い者に庇護《ひご》されているだけで、こんなにも世界の感じ方が変わるのか。

馬が地面を蹴るたびに、どくんとディートバルトの心臓が力強く跳ねる。

どうしようもない恥ずかしさを感じながらも、マリアは男から身を離すことができない。

理由のわからないときめきに戸惑い、それを隠すように、ディートバルトにしがみつき顔を伏せているうちに、馬は丘を登り切っていた。

快活に命じられ、考えるより先に身体は従った。

「見ろ、マリア」

「わ、あ……」

見渡す限り、遠く広がる海の輝きに声を失う。

透き通った蒼《あお》は、晴れ渡る夏空との境目がまるでわからない。

白い波の尾を引きながら、視界を右から左へ過るのは帆船だろうか。

——あれはきっと、マリアたちが乗って来た河下りの船よりずっと大きい。

目を近くに寄せていくと、まぶしいほど白い壁に、赤とオレンジ色の瓦を載せた屋根を持つ、ヴェネトの街並みが見えてくる。

遠浅の潟《かた》を埋めて人工的に作った街は、向かい合う二匹の魚に似た形の大島を中心にして、飛沫《しぶき》のように不規則な形の小島が散っていた。

だが、さすが人工島というべきか、街に緑はほとんどなく、運河ばかり細かく走っている。

全体が精密なモザイク画のようだ。西央海の女王と呼ばれる都市だけある。

まだ距離があるので見えないが、あの運河の一つ一つに、三日月のような独特の形をした、ゴンドラという船が浮かび、歌う漕《こ》ぎ手の節に合わせ行き交っているのだと思うと、感慨深い。

「帆船も随分多いのですね」

目を輝かせながら独りごちると、背後でディートバルトがうなずく。

「センサの祭りが近いからな」

「センサ、ですか？」

耳慣れない単語に首を傾げ振り向けば、ディートバルトが微笑みながら答える。

「センサは方言だ。公式には聖女昇天祭と言って、ヴェネトの独立統治記念日にあたる」

犠牲となった建国の聖女に敬意を示し、共和制である都市国家ヴェネトの統治者が、海へ指輪を捧げ、永遠と忠誠を誓うという。

他にも、年代ごとの宮廷衣装を着た人々が、ゴンドラに乗って街を巡る歴史船や、船の漕ぎ比べ競争、帆船を舞台にして行われる歌劇と、海上都市ならではの催し物が目白押しとなる。

「祭り目当てに、旅芸人や商人が集う分、警備が緩くなるのは困りものだが。楽しいぞ」

「……そう、ですか」

行ってみたいな。と思っていたが無理そうだ。

地元の者も外国の者も入り混じり、混雑する中、女二人で歩き回るのは危険だろう。

前回はディートバルトが助けてくれたが、二度、奇跡が起きるわけもない。

（大丈夫。屋敷の窓から眺めるだけでも、きっと楽しい）

自分に言い聞かせ、無理矢理に気持ちを切り替えたマリアは目をまばたかす。

「えっ……？」

それまで、上機嫌に説明していたディートバルトが、怒っているとも拗《す》ねているとも取れる顔で、マリアを見ていたからだ。

「あの、どうかされましたか？」

「……どうかされましたか、ではない。まったく」

言うなり、ディートバルトは手綱を放し、マリアを強く抱き込んだ。

親密過ぎる距離にあわてて押し返そうとするが、男女の体格差で叶う訳もない。

まるで愛おしむように腕に抱き、頭の頂点に頬ずりされる。

理由がわからずうろたえていると、彼は、はあっと大きく溜息《ためいき》を吐いてつぶやいた。

「マリアは身持ちが堅すぎる」

「そう、でしょうか」

身持ちが堅いもなにも、結婚はしていたが、男女関係がなかったので基準がわからない。

「そうとも。……もう少しこう、距離を詰めてほしいというか、俺に甘えてくれてもいいのではないかと思う。物慣れないにも程があるだろう。焦れすぎて困る」

「あっ、あっ……そういう、意味でしたか」

うっかり勘違いしそうだった。ディートバルトが、男として親密になりたがっているのだと。

「すみません。夫婦を偽っているのに、私がよそよそしいと駄目ですね」

周囲に疑われないための偽装なのだ。それっぽく見えるように振る舞うべきだ。

今までは旅の途上で、人と会うことも少なかったが、都市に入れば違う。

「夫婦らしく見えるよう努力したいのですが、なにぶん、経験がなく」

「…………」

「もしよろしければ、理想や方向性など、ディートバルト様からご教授いただければと」

正直に申し出る。知らないものは知らないのだから、習うしかない。

そう思い顔を上げると、なぜかディートバルトは真っ赤な顔となっていた。

「ディートバルト様?」

話にならないほど無知だから、呆れ、怒っているのかもしれない。

恐縮していると、ディートバルトはますます困った調子で嘆息し、空を仰ぐ。

「これは、想像よりも酷いな。……初心《うぶ》すぎるのにも程がある」

「そん、そんなに……! でしたら、ええと、急遽《きゅうきょ》、ゲルダに配役変更は」

彼女なら、自分と違って離宮の外の世界も知っている。きっとましにやれるだろう。

そう考えながら馬車を呼ぼうとした瞬間、腰を取られ、強引な動きで抱きすくめられた。

「断る」

言うや否や、息が交わるほど近くにディートバルトの顔が迫り、次の瞬間、唇が奪われる。

「……ッ！」

突然のことに、マリアは頭の中が真っ白になった。

自分が誰で、どういう状況に置かれていたのかを一瞬にして忘れ、目を大きくしていると、ディートバルトがじわじわと顔を傾け、唇の触れる角度を変えていく。

引き締まった唇の、熱く生々しい感触を理解した途端、体温が急上昇した。

頭では、これはいけないことで、やめさせなければならないとわかるのに、手足が上手に動かない。

心拍数は滅茶苦茶《めちゃくちゃ》に乱れ、血の巡りが盛んとなり、顔どころか指先までもが変に熱い。

一体なにが起きているのだ。

――いや、接吻《せっぷん》されているということはわかる。

ただ、そんな雰囲気にも、関係にもなかったことが、マリアの混乱を加速させる。

異性との口づけは、夫婦か、よほど親密な婚約者でなければ許されない。

ディートバルトとは書類上の夫婦となっているが、それは偽装だ。実情を伴う必要などない。

なのにどうして、マリアに接吻しているのか。

訳もわからぬまま身をすくめ、手足を強《こわ》ばらせていると、腰を支えていた男の手が、大丈夫だと告げるように背に回り、ゆったりと身体を撫でていく。

（あっ……）

漏らした声までも、ディートバルトの唇に奪われながら、マリアは無意識に目を閉ざす。

巧みに慰撫《いぶ》し、気持ちを落ち着かせようとする男の手の動きに、理性も警戒もなだめられ、うっとりした気分になっていくのがわかる。

本能的な安堵なのだろう。自分より強い者、力ある者に庇護される心地よさに、張り詰めていた手足から力が抜ける。

ぬるりとしていながら、瑞々《みずみず》しい果実のような弾力がある唇の感触に、心が乱された。甘やかな痺れが唇から喉元まで広がる。

身をわななかせていると、触れていた男の唇がわずかに離れた。

「は……、ぁ」

か細く開いた口元から息が継がれると同時に、途切れがちな喘《あえ》ぎが漏れる。

自分のものではないような、小さく愛らしい声音にうろたえ、身を揺すぶると、そんな様がたまらないのだという風に、ディートバルトがまた唇を重ねだす。

今度は、触れさせるだけではなかった。

先ほどの甘え声をもっと聞かせろとねだるように、下唇が食《は》まれ、たっぷりと濡れた舌で舐《な》め上げられていく。

ぬるつく感覚に身をすくめたのは束の間で、歯で挟み、舌全体を押し当てるようにして舐められるごとに、妖しい震えが身を襲う。

肌が変にざわつくが、不快ではない。

どころか、もっと味わってみたいような気分にさせられる。

今までに感じた事のない衝動がなんなのかわからぬまま、マリアはどんどん男へ――ディートバルトへ身体の重心を委ねていく。

いい子だと褒めるみたいにして、彼の指が優しく顎を擦る。

そんなささやかな感触にも、ぞくぞくとするものを感じてしまう。

男の舌は次第に大胆さを増し、初めての口づけに物慣れぬ処女の唇を割り開く。

尖《とが》らせた舌先が右に左にと、閉じた合わせ目を繰り返し辿《たど》る。

そのうち、唇だけでなく歯茎にまで触れられ、ぬるつく感触を教え込まれだす。

粘膜同士が触れ合う感触は、酷く淫靡《いんび》で――そして、マリアの秘められた欲求を煽る。

くち、くちょ、と唾液が交わる音が響くのが、たまらなくいやらしい。

いたたまれなさからディートバルトのシャツを掴み縋ると、形のよい男の喉仏が大きく跳ね、ごくりと音を立てた。

同時に、背中から後頭部へと移動していた右手が、マリアの細い銀髪をまさぐり、指を頭皮に触れさせ擦る。

背を撫でられるのとは違う、もっと直接的な刺激にうっとりすれば、力の抜けた口元から、悠然と男の舌が差し込まれた。

「ふ、ぅ……」

声どころか、吐息までもを奪うようにして、男の舌が自分のそれに絡みだす。

尖らせた舌先で、側面から頬裏をねっとりとなぞられると、さざ波に似た震えがおこり、腰から下腹を酷く疼《うず》かせた。

音を立てるようにして口腔《こうこう》を掻《か》き回《まわ》され、落ち着かない身体がもじつく。

もっと大きく開けと言いたげに口蓋を舌でくすぐられ、顎を支える筋がおのずとたわむ。

もう遠慮なんてどこにもなかった。

男の舌が喉奥まで差し込まれ、唾液を交換するような激しい口づけを要求される。

だが痛みはもちろん、嫌悪もない。

それどころか、触れる場所から蕩けるほどの悦が染み入ってくる。

息をすることも忘れて接吻に応じていると、身体の奥から強い衝動が迫《せ》り上《あ》がってきた。

今までにないほど激しく飢えた欲求が、快楽だと気づき震えた時だった。

石畳を走る車輪の音がした。置き去りにされていた馬車が追いつこうとしているのだ。

驚き目を開いた瞬間、弛《し》緩《かん》していた身体が強ばり、男を受け入れだしていた喉が絞まる。

途端、呼吸の仕方がわからなくなり、マリアは咳《せ》き込《こ》んだ。

「ッ、……こほッ、ごほっ」

止めようと我慢するほど強まる咳《せき》をどうにかしたくて、手で口を押さえていると、先ほどとは違ったやり方で抱き撫でられた。

「無理をさせたな。……すまない」

ディートバルトは熱っぽい息をこぼしつつ、子どもをあやすみたいにしてマリアの背を叩く。

「い、え……」

ようやく咳の衝動を抑えきり、胸元を押さえていたマリアが顔を上げると、猫が甘えるみたいにして、ディートバルトがマリアの額に頬ずりした。

「ディートバルト様？」

「……どうしたものか」

困った口ぶりなのに、声がどことなく切なくて、マリアはなにも言えなくなる。

話す気がないのかと思うほど長い沈黙を挟んだ後、ディートバルトはようやく口を開いた。

「マリア」

「はい」

生来の素直さのまま返事をし、ディートバルトと視線を合わせる。

すると彼は、わずかに目を大きくし、マリアを腕に抱き直した。

「…………願わくば、接吻ぐらいは普通にできる関係となりたい。俺は、そう思っている」

その後、ディートバルトは、なにか言いたげに唇を震わせる。

けれど結局、言葉にすることはなく、代わりに、馬車から降りたゲルダが駆け寄りながら、二人の距離が近すぎると声を張り注意していた。

◇◆◇

海の上に作られた都市のヴェネトでは、緑ある空間は贅沢とされる。

その贅沢を許された屋敷の中庭で、ディートバルトは寝椅子に転がっていた。

時刻は午後四時を回った辺り。

波打ち際に近い港や市では人が行き交い賑《にぎ》やかだろうが、貴族や大商人の邸宅が集うこの辺りでは、運河を満たす波の音ばかりが静かに続く。

肌を撫でる海風で暑さも和らぎ、乾燥や塩害に耐えるよう品種改良された葡萄《ぶどう》の棚から、木漏れ日がちらちらと芝生へ落ちている。

午睡に最適な環境だ。実際、ディートバルトも少し前までうたた寝していた。

だが今は、三階建ての屋敷の窓からこぼれる、女たちの笑い声に目を細めていた。

四代ほど前の総督――ヴェネトの為政者ゆかりの館に、ディートバルトたちは滞在していたといっても、ディートバルトが所有しているわけではない。

政略結婚でヴェネトへ嫁いだ姉の持ち物で、我がままを言って借りていた。

この館は、大運河沿いで便利がいい割に、周囲に丈高い建物が多いため、人目に付き難い。

使用人への教育も行き届いているそうで、客が来ても、誰が、どういう目的で訪れ、滞在しているかは、教皇や皇帝にだって漏らさないと保障し、姉は笑っていた。

それほど口が堅い使用人で固められているのだから、余人に知られず人捜しをしたいディートバルトにはうってつけなのだ。

——とはいえ、芳《かんば》しい成果は得られていないのだが。

寝椅子の側にある円卓から、二つ折りにされている紙を取り、仰向《あおむ》けのまま目を通す。

そこには、手がかりとなる女——かつてラウエンブルグ家に仕えていた乳母の行方が、細かに記されていた。

ラウエンブルグ家とは、バーゼル帝国を支える選帝侯家の一つで、北公爵とか、北選帝侯家と呼ばれる名門だ。

皇帝や皇后を出したことも多々あり、他国の侵略から国を守るための軍事力と、黒森を開拓して得られる木材や鉱山開発を産業の要とする、質実剛健の一族である。

ディートバルトが当主を務めるバーデン選帝侯家とは、長らく友好関係にあったが、ここ十三年ほどは仲が冷え込んでいる。

もっとも、冷え込んだ関係は、バーデン選帝侯家のみならず、他の選帝侯家や皇室に対しても同様なのだが。

理由はわかっている。——ラウエンブルグ選帝侯クラウスは、娘を見殺しにした皇帝や、他の選帝候たちを恨んでいるのだ。

（抑えであった実兄、……前の選帝候が亡くなってから、意固地になる一方とは聞くが）

十三年前と言えば、ディートバルトは十七歳。

若い軍人の常として、大陸のあちらやこちらに、遠征や諜報《ちょうほう》に出されていた頃だ。

だから詳しい話は知らないのだが、当時、選帝候でなく、まだ一介の外交大使であったクラウスは、外交交渉のために訪れた国で娘を誘拐された。

母親が目を離した、一瞬の出来事だったそうだ。

どんなに手を尽くしても娘は見つからず、当事国の長、――ポモーゼ国王に不満を訴えるも、まるで非協力的。

断られても食い下がるクラウスが疎ましくなってきたのか、ポモーゼ国王は皇帝へかなり厳しい苦情を入れた。

これ以上、我が王室に難癖を付けるようであれば、外交についても考えさせてほしいと。

ポモーゼは取るに足らない小国ではあるが、向こう側に、バーゼル帝国と覇権を争う大国を二つ控えている。

世界情勢が悪化した場合、侵略を食い止める緩衝材、あるいは交渉開催地として存在は無視できない。

そう判断した皇帝および当時の選帝候たちは、ポモーゼ王国側の、森で殺害されていたという、実にいい加減な口頭返事を理由に、遺体すら要求せぬままクラウスに娘を諦めさせた。

その罰が当たった訳でもないだろうが、二年経たずして、ラウエンブルグ選帝侯——クラウスの兄——が突然の病で亡くなり、クラウスが後を継いだ。

娘を巡って皇帝や選帝侯と一悶着《ひともんちゃく》あったクラウスだ。

選帝侯になるや否や、〝他の選帝侯および皇帝に敵対することはないが、協力もしない〟といった態度を取り始め、領地に引きこもる。

そうして、なにかと理由を付けては帝都への呼び出しを断り、選帝侯の義務でもある国政議会への出席を放棄しまくっている。

(だが、そろそろ北の穴蔵から出てきてもらわなければ)

現在のバーゼル皇帝は六十五歳。

いい加減に次代の皇帝となる者を定め、教育を始めなければ、国の将来に暗雲が生じる。

年齢や妻の有無、これまでの実績などから、ある程度候補は絞られているが、最終的には選帝侯会議——皇帝選出権を持つ者の投票が重要となる。

一人目の候補は、外国へ嫁いだ皇妹の、二番目の息子——皇帝の甥にあたるロアンヌ王子フィリップ。

もう一人はバーデン選帝侯家当主——つまり、ディートバルト本人であった。

(面倒な話だ。……が、避けて済ますことはできない)

バーデンの皇帝は他国の皇帝と違い、絶対権力者というより、選帝侯や貴族らのとりまとめ役に近い。名ばかり君主とでも言うべきか。

（自由がなく、責任ばかりが重い皇帝など御免だ。それよりは、選帝侯として自分の生まれ育った公国を統治する方が、遙《はる》かに気楽でやりがいがある。……が）

できるものなら他に話を譲りたいが、そうもいかない。

ディートバルトが皇帝となることを拒否した場合、皇帝の甥であるフィリップが、バーゼル帝国の冠を継ぐことになる。

そして厄介なことに、フィリップは、西の大国ロアンヌの王位継承権を有す王子。

帝座に即《つ》いた途端、母国の操り人形となり、バーゼル帝国を切り売りしかねない。

（フィリップ王子を支持する者は西側……ロアンヌ王国と近い選帝侯ばかりだしな）

現状、支持数は三対三。

つまり七人目の選帝侯――ラウエンブルグ北選帝侯クラウスの一票で、次の皇帝が決まる。

自分が支持する者を皇帝にと、各選帝侯が金や利権を持って説得に当たるが、クラウスは沈黙を貫くばかり。

当然、ディートバルトもクラウスを訪ね、国を憂いて言葉を重ねたが、まるで心に届いてなかった。

一体どうすれば真面目に考える気になるのだと吠《ほ》えた時、クラウスは言った。

娘を。小さいマリアを取り戻してくれた者に私は従う。——と。

(死亡したとされ、墓まである娘を取り戻せとは。なんの謎かけか)

呆れ、やる気のない男に見切りを付け、自力で帝位を強奪するかと眉をひそめた時だった。

おかしな話が聞こえてきた。

ポモーゼでラウエンブルグ選帝侯の娘を攫ったのは、人身売買を目的としたならず者などではなく、前ポモーゼ国王の手によるものだという噂だ。

そして娘は、今もどこかに幽閉されて生きているのだと。

荒唐無稽だと笑いかけ、次の瞬間、真顔に戻る。

——もし、そうであれば、ラウエンブルグ選帝侯クラウスの頑固さも、それを許してきた父を含む他の選帝侯および皇帝の、奇妙な態度も得心がいく。

一国の君主が、なんの理由で五歳の幼子を誘拐し、手元に留《とど》めているかはわからない。

だが、クラウスが外交大使で機密を扱う身であること、バーゼル帝国にとって失うことも手中に収めることもできない、ポモーゼという国の特殊性を考えれば、帝国を守るため、娘を見限るという選択をせざるを得なかったのではないか。

ディートバルトは当時の状況を調べ始めるが、十三年もの年月に加え、関わったであろう者たちの口は異常に重かった。

だが、それゆえに噂が真実であると確信を増していた。

ラウエンブルグ家で娘の乳母をしていた者ならば、娘の外的特徴や、当時の状況がわかるかもしれない。

行方を捜すと、彼女は乳母を辞し、この海上都市ヴェネトに居を移したと知るのだが。

「事実の方が、荒唐無稽でありすぎた……とはな」

畳んだ手紙を服の隠しに仕舞い、ディートバルトは腕で顔を覆う。

乳母は病で亡くなっていた。そのため、ラウエンブルグ選帝候の娘がどんな容姿をしていたのかはわからなかったが、代わりに、遺族からとんでもない話を聞いた。

（ポモーゼ王国のしきたり……冥婚により、瀕死《ひんし》の王子の妃とされていたとは）

なるほど。誘拐された娘が一国の王妃となっていれば、取り戻すことは不可能に近い。

双方納得の政略結婚ならまだしも、迷信に基づいた略奪婚もいいところである。

ポモーゼ王国側としても、おいそれと娘を返還できまい。

「悪妻と呼ばれていた、あの王妃が、ラウエンブルグ選帝候の娘……マリアか」

春先、調査ついでに前国王の葬儀に出席した。

その際、一度だけ、遠くからポモーゼ王妃となると噂されている女を見た。

締まりのない顔をした王太子に媚《こ》び、猫のように身をすり寄せる一方で、ドレスの裾が乱れたといっては、八つ当たりで侍女を平手打ちする娘だ。

ラウエンブルグ選定侯の妻と同じ金髪碧眼の美人ではあったが、性格の悪さと品のなさですべてが台無しになっていた。

親と引き離され、王子であったヨハンに頼らなければ、生きていけなかったのかもしれないが、もう少し、性格がまともにならなかったものか。

もうすぐ離婚されるとか言う話も聞こえてきたが、あれでは文句も言えまいと思う。

「ただのマリアとは大違いだな」

あの金髪碧眼の王妃が、ラウエンブルグ選帝侯の娘だと考えるとうんざりする。

離婚を願っていると聞いたが、実際に手続きが進んでいる様子はない。

ポモーゼ王ヨハンと交渉するのも面倒で、頭が痛くなる。

ディートバルトが盛大に溜息を吐くと、乳母の遺族から譲られた鈴が懐でちりりと音を立てた。

菩提樹の花を模した飾り鈴は、バーゼル帝国周辺の国々で、誕生祝いとして使われるものだ。

祖父母や伯父、叔母などの親戚が、子の成長を願い、一つずつ飾り鈴を贈る。

集まった飾り鈴を鎖に通し、手首や足首に着けておくと、子に幸運が呼びこまれるという。

（まあ実際は鈴音の遠近で、子が側にいると親が知るためのものだろうが）

ラウエンブルグ選帝侯の娘マリアが攫われた時、五つの飾り鈴のうち、二つが現場に残されていたらしい。

――見事な意匠だ。時の皇帝ヴェンツェルが、ひ孫を想《おも》い作らせただけのことはある。

一見すると素朴だが、頑丈で、ちょっとやそっとでは壊れず、振ると涼やかな音がする。

（マリアの笑い声のようだな。綺麗で、澄んでいて、愛らしい。ただのマリアの）

ふと笑い、館の三階へ目を送る。

白いカーテンがふわりと風に舞う窓辺から、女たちの笑い声が響く。

一番涼やかで愛らしい声はマリアだ。彼女が笑っている。

明後日に控えた聖女昇天祭に向け、仕立てたドレスの最終調整をしているのだ。

小鳥がさえずるようなマリアの笑い声を耳に、ディートバルトは目を閉じた。

――変わった娘だった。

品のよい言葉運びに、優雅な所作。そのくせ妙に自立心がある。

よほど勉学に熱心な両親だったのか、先進的な家庭教師が付いていたのか。

女性にしては知識が豊富で、打てば響くようにこちらの意を汲《く》む。

さほどお互いを知らぬ時、ディートバルトが「肩書きや血筋で値踏みして来ない者なら、客として相応にもてなす」という意を会話に匂わせると、マリアはすぐさま「旅先での意外な出会い、たくさんの思い出の一つとして、都合よく忘れて流す」と応じて来た。

なかなかに聡《さと》い。十八歳と聞いていたが、その若さで当意即妙に正解を返すのだから。

「その上、侍女が回復したら、すぐ、おいとまするときた」

くくっと喉をゆらせて笑う。

何度、思い出してもおかしくて仕方がない。マリアではなく、自分の間抜け面の方が。

初対面で、バーデン選帝侯――皇帝に次ぐ家柄であると気づかぬまでも、隠れ家を見れば、社会的地位の高さと裕福さはわかる。

あの隠れ家を貴族の女たちに見せれば、大多数が、ディートバルトという個ではなく、たまたま生まれついた家柄の匂いで判断しだすだろう。

服の上質さ、室内装飾の骨董《こっとう》的価値。服のカフスを飾る宝石の大きさ。

そういった益体もないものに目を輝かせ、あるいは知らぬ振りしつつも盗み見し、金と権力の匂いに恋をする。

媚び、しなを作り、大げさな褒め言葉を口にしながら、豪勢な食事に高い酒、人も羨むドレスや宝石を、どれだけ自分へ引き寄せられるか計算しだす。

果てには、押し付けでしかない好意を愛と呼び変え結婚を願い、自分に張られた人生のラベルを、より人の羨むものへ貼り替えようとする。

高価な瓶に移し替えたとて、腐った酒は腐った酒でしかないのに。

物心付いた時から女たちに追い回され、望みもしないのに素っ裸でベッドに潜り込まれ、同《どう》衾《きん》の罠《わな》を仕掛けられれば、思春期が終わる頃には、異性という者に対し諦めが付く。

女など、どれも同じだ。大して変わらない。

流行の服と化粧と劇場の演目に、親切めかせた他人の色恋話をまぶし、白粉《おしろい》と銀粉を叩いた皮に肉を詰め、薔薇だの桃だのの香水をかければできあがり。

社交上、適当に話し相手をすることはあるが、どうにも長続きしない。

恋の駆け引きよりも、政治的な駆け引きの方が興奮するし、女を連れ歩くよりは、愛馬で疾駆する方が爽快なのだから。

偶然から助けることになった、このマリアという女も同じだろう。

若く世慣れしない分、女の腐臭も少ないが、果実が熟し腐るように、マリアだって、いずれは熟して堕《お》ちる。

とは言うものの、少しだけ期待はしていた。

なにせ、初手の出会いから異常だったし、その上彼女は、始終、自分よりゲルダ——侍女を気遣い、守ろうとしていたのだから。

隠れ家に滞在したいというなら、それも面白いだろう。

咲き初めの薔薇が開くのを目で愉《たの》しむように、マリアの変化を愉しませてもらおう。

意地悪で穿《うが》った目を向けるディートバルトに、マリアは、気が抜けるほどあっけらかんと申し出た。

——宿の取り方はわかった。すぐに立ち去る。

駆け引きか。自分の価値を釣り上げようとしているのか。いや、それをやるなら、もっとディートバルトを興に乗せてからだろう。

（……魚が餌を突きもしないのに、針を引き上げる奴があるか）

予想外の反応に目をまばたかせていると、彼女はあっさりと続けた。

見知らぬ女が屋敷に滞在すれば、余計な噂も出てくる。

恩人であるディートバルトの不名誉となる前に出ていくのは、ごく当たり前の一般常識だ。

真面目くさった顔で言われ、顎が落ちそうになった。

つまるところ、マリアはディートバルトと恋愛の手練手管を競う気がないのだ。

ひょっとして性的に無知なのか。

そんなはずはない。離縁されたということは、結婚し――初夜を経験しているはずだ。

初心な演技をからかうつもりで、大胆な距離まで身を寄せれば、マリアは、一瞬にして花が開くように頬を紅潮させる。

あまりの初々しさに、本気で、こちらがいたたまれなくなった。

なんとも危うい。

このまま女二人連れで旅をさせれば、早晩に面倒事へ巻き込まれるだろう。

庇護心を突かれつつ考えていたところに、ちょうどよい具合にヴェネト行きの案件が発生した。

同道を了承させてからは、毎日が驚きの連続だ。

マリアは貴族子女の範囲に収まらないほど学識があった。

歴史や音楽など、社交に絡む物事だけでなく、農業や治水、果てには経済まで、ディートバルトが広げた分だけ話題に付いてくる。

大学に通った男か、王族かなにかで、生まれつき統治手腕を望まれた女でなければ、得ることが難しい教養深さだ。

感情表現も健やかで、料理が美味《おい》しいといってははしゃぎ、藁《わら》で作られた寝台が物珍しいといっては目を輝かせ、遺跡に触れては敬意を表し瞑目《めいもく》する。

初体験にはしゃぐ純粋無垢《むく》なマリアの様子に、いつのまにか心を奪われ、もっと彼女のことを知りたくてたまらなくなった。

会話に絡め、それとなく家柄や過去を探ろうとするも、男女の色恋には無頓着なくせに、マリアは、我が身やゲルダのこととなると、変に勘が鋭く頭が聡い。

だからか、行動を共にして半月も経つのに、まるでマリアのことがわからない。

ただ一つ。

「かつて、誰かの妻であったという過去以外は」

焼け付く感情が、腹底を黒く焦がす。

自分以外の男が、マリアの華奢《きやしや》な腰を抱き、滑らかな背骨を唇で辿り、服を奪い肌を暴いたかと思うと、憤怒に似た目眩《めまい》に悩まされる。

政治的理由を避けられぬまま、幼い頃に婚姻し、ほとんど夫と顔を合わせることなく、国境間際にある土地に閉じ込められたと聞いていたが、跡継ぎを作るのが政略結婚だ。まったくの没交渉だったわけではあるまい。

ディートバルトが恋をほのめかせ、それとなく男を意識させようとしても、てんで効果がないくせに、他の男とは、そういうことになっていたというのが、とてつもなく悔しい。

(俺が、先に、マリアに出会えてさえいれば!)

叶わぬ願いを胸の内で叫ぶうち、ふと、街へ入る前の出来事が頭によみがえった。

マリアが驚嘆し、喜ぶ表情が見たくて、海の見える丘まで相乗りした時のことだ。

初めて海を目の当たりにし、興奮で頬を紅潮させ、感動に恍惚《こうこつ》とするマリアの様子に、酷く欲情し飢えながらも、ぎりぎりの処で紳士の皮を被り、取り澄ましていた。

だけどそれも長く保たない。

もうすぐヴェネトで大きな祭りがあると知ったマリアに、そこで素晴らしい催し物があり、民が楽しむと語り聞かせた。

興味を持った彼女が、行きたいと甘え、我がままを伝えてくれることを期待しながら。

なのに話が終わる頃、それまで好奇心でまばゆく輝いていた紫の瞳が、突然、陰る。

どうしてかと自分の言を振り返り、頭を殴られたような衝撃を受けた。

――マリアは、自分に頼らず祭りを見ようと考え、だが、女だけでは危険だと判断し諦めたのだ。

身分証明書には、ディートバルトとマリアが夫婦として記載されている。

妻の振りをするという名目で、マリアが女らしい甘えやわがままを見せ、寄りかかって来ても、ディートバルトは気にもしない。

どころか、夫婦を演じふざけじゃれあうのを、密《ひそ》かに楽しみにしてさえいた。

なのに彼女は、祭りを見るという、たわいのない願いさえ、自分で叶えようとしている。

マリアの自立心と身持ちの堅さはどこからくるのか。

（よもや、別れた夫に義理立てしているのではあるまい）

そんなにディートバルトよりも、マリアを捨てるような屑《くず》夫がいいのか。

納得できない気持ちから、彼女に対して拗ね、甘えてほしい。物慣れないにも程があると八つ当たりした時だ。

（夫婦らしく見えるよう努力したいが経験がない、俺から教授してほしい……だなんて）

無意識にしても煽りすぎだ。

その上、自分が力不足であるなら、妻役をゲルダと替わろう。などと、とんでもないことを言いだすのだから――理性でどうにかなるわけもない。

それ以上、なにも言わせたくなくて唇を奪った。

他人行儀な態度の理由が、元夫への貞節ではなく、経験のなさだという言葉を信じたかった。

事実マリアは物慣れておらず、接吻の息継ぎはまったく下手で、酸素を切らして窒息しないかと、まるで処女を相手にするように気を遣いながら、ディートバルトは甘い唇を堪能した。

初々しい反応と、徐々に熱を持ち弛緩していく女体にのめり込み、無我夢中で味わい、抱きすくめ、溺れさせるつもりの自分が溺れた。

馬車が近づかなければ、その辺の茂みに連れ込み、熟した蜜窟を深く穿ち、思うままに突き上げていただろう。

ディートバルトとマリアなら、それをしたところで問題ない。

お互い、結婚を定めた相手がいるでもなく、マリアは結婚経験があり処女でもない。

貞節を守る相手がいないなら、互いに納得の上で、大人らしい、肉体含みの恋人関係を愉しんでも、他人から文句を言われる筋合いがない。

身分証明書に記された嘘の夫婦関係を、現実に持ち込むことにためらったのは、マリアとの体験を、割り切った男女の関係に留めたくなかったからだ。

好きだと告白し、相手からも乞われて初めて、身を許し合おうと考えたのだが――。

「ラウエンブルグのマリアなど、見つからなければよいのだ」

誰もいないことを幸いに、吐き捨てる。

皇帝となるには、ラウエンブルグ選帝侯の娘マリアを探しだし、親元へ帰す必要がある。

だが、きっとそれだけに留まらない。

次は、選帝侯令嬢マリアの伴侶選びが焦点となるだろう。

見つかった娘を皇后とする。そんな利権絡みの約束を餌に、北選帝候の一票を釣る争いが始まるのが目に見えている。

仮に、選帝候の娘マリアを妻としなくても、皇帝の伴侶に、離婚歴のある女を選ぶなど許されない。

君主の結婚は政治であり、政略なのだから。

(マリアを皇帝寵姫《ちようき》の立場に押し込めることはできない。日陰に置いて、その純粋な心を萎えさせるために、彼女の愛を望む訳ではないのだ)

自分の気持ちを整理し、結論付ける。

マリアが欲しい。妻として彼女を望みたい。これほど気持ちを奪われた女は初めてだ。

侍女のために、己の身を顧みずに助けを求める高潔な魂も、世界を知り、学ぼうとする好奇心も、無垢な子どものように笑い、喜ぶ顔の美しさも。

彼女の、なにもかもが最高で素晴らしい。

愛おしさについてはなおのこと。

いい大人であるディートバルトが、マリアの一挙一動に反応し、少年のように胸をときめかせている。

考えれば考えるほど、彼女ほど伴侶に相応しい女性がいない気がしてしまう。

だが彼女を皇后と迎え、民を納得させるには、厳しい現実ばかりが立ちはだかっていた──。

第四章　祝祭の夜、宮殿で熱く抱かれて

紅を施していた細筆の先が唇から離れた。

着替えを手伝っていた侍女たちが、鏡越しにマリアを見て、一斉に感嘆の息を漏らす。

「お美しいですわ、とても」

化粧を担う美容師の女が、会心の出来ににっこりと微笑む。

そんな、と謙遜しかけたマリアだったが、鏡に映る自分を見て、驚きのあまり眉を上げる。

いつも見る、やや童顔がちな娘とはまるで雰囲気が違う。

何枚もの薄絹をたっぷりと重ね、豪奢《ごうしゃ》さを演出するドレスは、角度によって碧にも水色にも見える変わり染めで、まるで海そのものを纏《まと》っているような鮮やかさだ。

剥き出しとなっている腕や肩へはたいた銀粉は、外からの日差しにキラキラと輝き、肌の白さと滑らかさが、一層美しく強調されている。

普段は緩く束ねるか背に流すだけの銀髪も、薔薇の香油に浸した櫛《くし》で丹念に解かれ、優美な巻き貝の形にまとめられている。

綺麗に仕上げた髪には、銀鎖に通した滴型の海水晶や真珠の連なりが飾られている。

喉元を飾る宝飾品はいっそ見事で、髪飾りと同じ銀鎖をレースのように編んだ上、濃淡さまざまな海水晶を散らした逸品だ。

淡く透き通った水色に、空を映したような蒼。果てにはサファイアと見紛《みまが》うほど藍色が強いもの。それらの海水晶を巧みに取り合わせて並べ、ネックレスで海面を表現している。

特に立派なのは、中央を飾る大きな海水晶で、目が覚めるような碧色をしていた。

聖マリアの瞳の色だと賞賛される最高級品で、同じ大きさのダイヤモンドより、四倍は値が張ると聞く。

とんでもないドレスと宝飾品が用意されたのに、身に着けるのが自分だなんて、あんまりだろうと恐縮していたが、化粧を施され着付けが終わった今、マリアはその考えを捨てていた。

呆然《ぼうぜん》としながら鏡に指をあて、次に自分の頬に触れる。

磨き上げられた鏡面に映る女も、マリアと寸分違わぬ仕草で同じ動きを繰り返す。

「信じられません。……これが、私だなんて」

夢うつつのままつぶやけば、鏡の中のマリアが頬を紅潮させ、目を大きくみはっていた。

「ありがとうございました。おかげで、見違えるようです」

「いえいえ。……化粧はされずとも、肌のお手入れはしっかりされていたと聞きましたので、あまり色を加えず、いいところを引き立てるために筆を使っただけ。本来のマリア様の美しさあってこそですわ」

確かに、いつも通り洗顔した他は、砂糖と蜂蜜を練ったもので唇と爪を磨かれたぐらい。後は白粉を薄くはたき、頬と唇に鳳仙花《ほうせんか》と貝殻粉の紅を差しただけ、と美容師が笑う。

だけどマリアにとっては大変身だ。

肌は一層白く、唇に紅を差したおかげで、顔全体が華やかに見える。

その上、目の際に色をつけたおかげで、瞳が際だって美しい。

白銀の髪に紫の眼と、人より色素の薄いマリアだからこそ、ほんの少し色を乗せるだけで、まるで印象が変わるのだと実感してしまう。

「お召し物や装飾品も、ことのほかお似合いで。ディートバルト様は、本当にマリア様のことを思い、品を吟味されたのでしょうね。でなければ、こうも見事に服とご本人が引き立てあえませんわ。……まるで、海の女神のよう！」

会心の出来映えに美容師が語尾を上げると、支度を手伝っていた侍女たちが大きくうなずく。

微笑みながら礼を伝えるも、内心は少しだけ複雑だ。

彼女らは、ディートバルトが、マリアを思ってドレスや装飾品を用意したと勘違いしているが、恐らく、そんなことはない。

祭りでマリアを目立たせ、注目を集めている隙に人捜しをしようとか、そんな計画があるはずだ。でなければ、ドレスや宝石があまりにも立派すぎる。

（だけど、侍女たちが誤解するのもわかる……）

最近のディートバルトの態度を思い出し、マリアは頬を赤らめた。

——接吻ぐらいは、普通にできる関係となりたい。

小高い丘からヴェネトの街を見下ろし話すうち、マリアの物慣れなさを指摘された。

知り合いの男女としては相応しい距離だが、夫婦を偽るなら、それらしく身を寄せろということだと理解するも、はいそうですかと演技できるほど経験がない。

なにしろ、マリアが育った離宮には、若い男などいなかった。

力仕事の頭数揃えで、近くの村から農夫や工夫が通って来ることはあるが、侍女ならともかく、王妃となるマリアが、彼らと親しくなる機会などない。

夫のヨハンに至っては、言うまでもない。

恋愛など、物語の世界か侍女たちの雑談の中にしか、存在しないものだった。

妻らしく演技してほしいと望まれたものの、どうすればいいかわからない。

（結婚はしていましたが、夫の顔を見たのは病床で死にかけていた初回と、離婚を言い渡された時で二回こっきりですし）

離宮の図書室には、申し訳程度に恋愛物語がありはしたが、どれも百年以上前の著書で、実技については、すべて曖昧な比喩でぼかされていた。

なので、どうしてほしいか、なにを望むのか、ディートバルトから具体案を示してほしい。

それか、妻役をゲルダと交代するか。

(提案した途端、なにがどうなったのか唇を奪われた)

ぽつんと、心中で独り言にしたと同時に、脈が跳ね飛び身体の熱が急上昇する。

男の腕の力強さや、引き締まった唇の感触が突然よみがえり、マリアは息を詰める。

背を撫でる手の大きさに、髪をまさぐる指の硬く乾いた感触。

身を寄せる胸板は逞しく、当てた手から伝わる鼓動は雷鳴のよう。

荒ぶる強さを纏《まと》いながら、けれどマリアに対する扱いは、どこまでも繊細で優しかった。

嫌悪感はない。

なぜなら、旅をし、一緒にいるうちに、ディートバルトの人柄に惹《ひ》かれだしていたから。

最初から、嫌うことが難しい男だった。

見ず知らずのマリアに手を差し伸べ、助け、親身になって尽くしてくれたことへの感謝は当然として、確実に物事を進め、やり遂げようとする行動力に、震えるほどの男ぶり。

だが粗野ではなく、マリアとゲルダの体力や気持ちをそれとなく気遣い、配慮するだけの精神的な余裕がある。

本当の名前や身分は知らずとも、人の上に立つ生き様をしてきた男だとわかる。

王でありながら、何一つ責任を取らず、マリアに悪名を被《かぶ》せたヨハンとは大違いだ。

世界には、このような人もいるのだと感じ入り、日を追い、世界を見知るにつれ気づく。

ディートバルトのような男はいない。

彼は特別だ。世界にとってではなく、マリアにとって。

気がつくと眼で追い、笑顔が見られればびっくりするほど嬉しくなる。

優しくされると幸せで、名を呼ばれると少しくすぐったい。

彼の側にいると、街をそぞろ歩くだけの散歩でも、素晴らしい体験に思える。

意識している。ディートバルトの仕草や言葉を一つ残らず知りたい。その気持ちがなんというか、マリアはもうわかっている。

（恋している。あの方に）

世間知らずの娘が、初めて親を見たひよこのように、頼れる相手を追い回しているだけのことかもしれない。

だが、ディートバルトを敬愛し、彼の敬愛を受けるに相応しい女でありたいと思う。

そうやって好意を自覚したものの、先をどうすればいいかわからない。

なのにディートバルトが、甘く強引に距離を詰めてくるものだから、たまらなかった。

――夫婦を偽るための演技。あるいは慣れないマリアに仕向ける練習。

頭でわかっていても、心がまるでついてこない。

ゴンドラを降りる時は手を差し伸べ、さりげなく腰を取って支え笑う。

中庭で夕涼みをすれば、一緒にと、同じ寝椅子に身を寄せ、果てにはマリアを膝に乗せ、仔《こ》猫《ねこ》のように撫《な》で回す。

おとつい、出先の屋台で氷菓を買い食いした際などは、口端にクリームが付いていると、人混みにも関わらず顔を寄せ、ぺろりと舌で舐められた。

──心臓に悪いからやめてほしい。鼓動が乱れすぎてどうにかなりそうだ。

彼に触れられるだけでも心が震えるのに、不意打ちで接吻なんてしないでほしい。

だけど、夫婦の距離やありかたの指南を望んだマリアに、駄目という権利はない。

仕方なく黙ってうつむくが、羞恥に身体が震えるのはどうにもできない。

ディートバルトを意識しすぎまいと身を小さくするのだが、そうやって、小動物のようにぷるぷる震えているのが面白いのか、それとも、マリアの気持ちに気づいてからかっているのか、余計、撫で回されるだけだった。

最初こそ、距離が近い。馴《な》れ馴《な》れしいと、恩人に対するとは思えない棘《とげ》の鋭さで、ディートバルトを口うるさく注意していたゲルダも、同じように、暇さえあればマリアに構い、じゃれようとする主に呆れ、苦言を呈していたヴァルターも、三日ほどで諦めた。

その成果があってか、屋敷の使用人どころか出入りする仕立屋や商人までもが、マリアとディートバルトを夫婦と信じて疑わず、一ヶ月にわたる滞在は新婚旅行と誤解していた。

(ディートバルト様にとっては筋書き通りでも、私は慣れて演じられそうにない)

溜息をつきかけ、それであれこれ侍女たちに探られては困ると唇を結んだ時だった。

扉が二度叩かれる音がした。きっとディートバルトだ。

街を賑わすセンサー——聖女昇天祭。

その締めくくりとして行われる歌劇に、ディートバルトの妻として同伴すべく、マリアは支度に務めていたのだ。

それまでおしゃべりにいそしんでいた侍女たちが、さっと身を翻し頭を垂れる。

入り口近くにいたゲルダが、マリアの合図を受けて扉を開けた。

廊下側にある大窓から日差しが入り、マリアは白い輝きに眼を眩《くら》ます。

昼下がりでこんなに強い陽光は珍しい。そう思いつつまばたきを繰り返していると、いやに室内が静かなことに気づいた。

（どうしたのだろう）

座っていた鏡台から立ち上がり、扉の方へ向き直り——マリアは動きを止めた。

若い軍神が、戸口で足を止めたままマリアを凝視していた。

正確には軍神などではなくディートバルトなのだが、そうとは思えぬほど、彼の出《い》で立《た》ちは神々しく、壮麗だった。

漆黒の布地に、金糸で豪奢な模様を入れた軍の礼装が、男の肉体をぴったりと覆っている。

他国であることを意識してか、胸を飾る勲章は外してあったが、変わりに、海竜を象《かたど》った宝石のブローチを胸元に留めている。

腰から下がる剣は儀礼用の細い物で、柄の部分が鳥籠のように覆われており、そこに、サファイアや瑠璃をはめ込んで、波打つ海が表現されていた。

昼下がりの光がまぶしいわけだ。

こんなにも金銀財宝で身を飾っていれば、必ずどこかの宝石に日が反射する。

だが飾り魅せる部分と、余白とする部分を決めているので下品ではなく、普段よりずっと、ディートバルトの威厳が増していた。

上着には、彼の瞳の色に合わせた深紅の薄絹が、二枚重ねのマントとして掛けられており、どこかから入り込んだ夏風を孕《はら》み、ふわり、ふわりとはためいていた。

まるで王か皇帝のようだ。マリアは膝を折りたくなるほどの迫力に気圧される。

「ディートバルト、様？」

名を呼ばずとも、彼であることはわかっているのだが、確かめずにいられない。

磨きがかかった男ぶりに、マリアは胸をときめかす。

それは相手も同じなのか、彼は深紅の瞳をひたとみはったまま、マリアを凝視していた。

「あの、ディートバルト様？」

上ずりがちな声で再び呼びかけると、彼ははっとした表情を見せて、マリアの側へ来る。

「見違えたぞ。いや、美しいだろうと想像していたが……、これは、まるで女神のようだ」

美容師にも同じ単語で賞賛されたが、好いた男のそれは、より強く感情を揺さぶった。

「女神だなんて、そんな……大げさな」

過剰な褒め言葉に恐縮するも、内心では躍り上がらんばかりに嬉しかった。

貴族として観劇に向かうため。自分の妻と偽ってマリアを連れ歩くため。

つまり、演技のための装いとわかっているが、マリアだって年頃の娘である。

惚《ほ》れた男からよく思われたい、美しいと思ってもらいたい欲はある。

恋を成就させる方法など、何一つとして知らないが、側にいられる間だけでも心を委ねてほしいと思う。――偽りの妻として、この娘を選んでよかったと。

手を伸ばせば、すぐ抱き寄せられるほど近くまで来たディートバルトは、マリアに向かってニヤリと笑い、唐突に床へひざまずく。

急な仕草の理由がわからず、物でも落としたのかといぶかしんでいると、彼は、床に広がっていた、マリアのドレスの裾を手に取り、騎士の動きで口づけた。

「ディっ……！」

マリアが名を呼び制止するより早く、侍女たちがきゃーっと黄色い声を上げる。

なにをしているのですか！　と叫びたいのに、どれだけ口を開閉させても声が出ない。

血が熱を伴い逆流し、マリアは全身を火照らせながら泡を吹く。

頭がのぼせてしまう。どうかすると、頭頂部から湯気が出るのが見えそうだ。

男性がひざまずき、女性のドレスの裾に口づけるのは、〝私は永遠に貴女の僕〟という意味を含む、求婚行為だ。

女性なら誰しもが一度はと望むが、妻に対するものにしては、あまりに愛が勝ちすぎている。

しかもマリアは、本物の妻ではない。偽物だ。こんなことをされては困る。

(勘違いしそうになる)

心が掻《か》き乱され、昂ぶった感情のせいで眼に涙の膜が張る。

嬉しいのか悲しいのかわからない。胸が締め付けられる甘苦しい感覚が、切なさだと知った時、眼を伏せていたディートバルトが勿体ぶった動きで首を上げた。

視線があった瞬間、ぞくりとしたものが腰からうなじへ走り抜けた。

悪寒に似ているが、嫌なものではない。

それどころか、痺れた先から、うっとりとするような熱と疼きが広がっていく。

(なんだろう。こんな反応は初めてだわ)

少し変だと伝えたくて唇を開くと、わななく吐息がか細く漏れる。

まるで熱病にうなされているようだ。頭がぼんやりとして、自分を上手く保てない。

深紅の瞳を輝かし、マリアを視線で縛り捕らえる男から眼が離せない。

(いつもと、違う雰囲気をされているから)

千々に乱れる理性をつなぎ止めるため、内心で、そんな陳腐な言い訳をする。

ディートバルトは、普段は雑に手で整えている黒髪を、きちんと後ろに撫でつけていた。

形のよい額を剥き出しにしているので、彼の切れ長の眼や通った鼻筋が一層目立ち、怜悧《れいり》さに磨きが掛かっている。

だからか、マリアをからかうように口端を上げる意地悪な表情が、嫌になるほど様になっていて、――油断ならない男独特の、艶容な色気となっている。

強さ、賢さ、精神的熟成がもたらす余裕。それらを存分に振りまく男の様子を見取り、マリアの身体が小さくわななく。

（このまま裾を手繰られて、床に引き倒され、食べられてしまいそう）

そんな不埒《ふらち》な想像に気を取られかけ、駄目駄目とあわてて首を振る。

「もう。大げさなことはしないでください……」

たまらず顔を両手で覆い、消え入りそうな声で訴えると、男は、くくっと喉を鳴らし、勢いよく立ち上がった。

「俺の奥方は、随分な恥ずかしがり屋だ」

言いながらマリアを抱き寄せ、真っ赤に染まる頬に唇を何度も触れさせる。

「ちょっ、や……！　人前！　人前ですっ！　はしたない」

なんとか押しのけようとディートバルトへ伸ばした手を取られ、今度は、染めた爪先から指、手の甲と、ちゅっ、ちゅと可愛らしい音を立てながらついばみ遊ばれる。

もう、と胸板を叩いた途端、ディートバルトが笑いだす。

「諦めろ。マリアにもっと恥ずかしいことをしたいのを、これでも我慢しているのだからな」

もっと恥ずかしいこととはなんなのか。

周りの侍女たちは、もう悲鳴を上げるどころではなく、真っ赤になってぷるぷる震えていた。

部屋の中で一番冷静なのは、マリアでもディートバルトでもなく、過剰演出気味な偽夫婦の睦《むつ》み合《あ》いを散々見守ってきた、ゲルダだった。

「戯れるのは結構ですが、お時間の方はよろしいのですか。……観劇の前に寄るところがございましょう。それとも、予定が変更になられましたか？」

目を半眼にして、白けた表情を見せつけながら、ゲルダがディートバルトに確認すると、彼はようやく、そうだった、と身を起こす。

やっと解放された。

気を落ち着けるために、お守り代わりにしている飾り鈴のネックレスに触れようとし、マリアは飾り鈴を外していることに気づく。

心許《こころもと》なさを覚えながら鏡台の上を目で探せば、ブラシの横に置かれていた。

（ちゃんと、着け直しておかないと）

首を飾る海水晶や真珠と比べると、大した価値のない品ではあるが、今となっては唯一、両親との繋がりを示すものなのだ。

もはや自分の分身と言えるお守りであるが、華やかなドレスに見合う品ではない。

「失礼します」

ディートバルトに断りを入れ、見えないように背を向けてから、飾り鈴のネックレスを足首に二重に巻き付ける。

歩くたびに鈴が鳴るかもしれないが、普段の生活でも聞こえないほど小さなものだ。祭りの喧噪《けんそう》では気づかれないだろう。

（これがないと、どうも落ち着かなくて。駄目だわ）

人心地付いて身体を起こせば、ディートバルトがマリアを待っていた。

「寄る所とは、どこでしょう？　舞台裏の見学とかですか？」

祭りが始まったのは二日前で、市や広場での競り売りなどはおとつい見た。

昨日は、ゴンドラと呼ばれる運河専用の小舟が、海で競争するのを見物した。

祭りは窓から見るだけで終わると、がっかりしていたマリアを裏切って、ディートバルトが精力的に、あちこちへ見物に連れていってくれたのだ。

だが今日は、歌劇の席以外に顔を出せまい。

街の人混みに紛れれば、せっかくのドレスや化粧が台無しになる。

だったら他にどこが、と首を傾げていると、ディートバルトは、悪戯が成功した少年みたいな顔をマリアに見せつけた。

「違う。……言っただろう。歌劇は船の上で行われると」

「聖マリアの殉教劇でしたね？」

祭りの見所も見所。一番重要な催し物である。

通常、歌劇は、専用の劇場や古代の野外演劇場で行われるが、ヴェネトの聖女昇天祭では、帆船の上で行われるので有名だ。

総督府――ドゥカーレ宮殿を正面に構る広場の前に、ヴェネトで一番立派な帆船を浮かべ、船縁《ふなべり》に煌々《こうこう》と松明《たいまつ》を灯《とも》し、船首にもうけた舞台の上で、歌姫たちが叙事詩を演じる。

大陸三大歌劇の一つで、一生に一度は見るべしと、マリアが読み潰した旅行記にもしっかり書かれてあった。

憧れの舞台が見られる。その嬉しさに頬を紅潮させ爪先立つが、ふと疑問になる。

「そういえば、観劇とはお聞きしていましたが、席は一体どこなのですか？」

市民や商人、それに観光目当ての旅人は、船が接舷する広場で立ち見するが、人気があるので、当日の朝から混雑し、今の時間ともなると、もう猫一匹も入れない。

無理に入れば、ドレスどころかマリアそのものが潰れてしまう。

興味津々にディートバルトを見つめると、彼は肩をすくめて告げる。

「なにを言うか。……格好の桟敷席が舞台となる船の前にあるだろう」

「船の前……。聖マルコ総督府前広場に、仮設客席などはないと……」

いいかけ、はっと眼をみはる。

「まさか、ドゥカーレ宮殿から見ようというのですか！」

「そのまさかだ。さすが、マリアは賢いな。……ドゥカーレ宮殿の客室を抑えさせた。なかなかの特等席だぞ。人混みは避けられるし、幕間《まくあい》に備え、多少の酒肴《しゅこう》も用意されている」

特等席どころではない。ドゥカーレ宮殿と言えば、海上都市ヴェネトの心臓部だ。

統治者であるヴェネト総督の公邸を始めとして、貴族共和制の議場、各議員の執務室。司法の場である最高裁判所に、戦時には王侯貴族が捕虜として収容される刑務所と、あらゆる設備が備わっている。

いわば王城に値する建物だ。

外国人であるマリアたちが、おいそれと入れる場所ではない。

まして、国を挙げての祝祭日に客室を取るなど、どういった賓客扱いか。

まるで自分の家みたいな気楽さで、部屋を押さえたなどというディートバルトに、あんぐりと口を開け驚きながらも、マリアは内心でおびえおののく。

——ディートバルトは、一体何者なのか。

バーゼル帝国の貴族だという当ては付くが、一口に貴族といっても、爵位や領地によって、天から地ほどの身分の差がある。

もし、マリアの推理が正しければ、ディートバルトの出身は、小国の王など足下にも及ばない、きわめて高位の貴族ではないだろうか。たとえば選帝侯だとか。

考えかけ、あわてて疑念に蓋をする。

（知っても、意味がない）

深入りしたところで、マリアとディートバルトは旅の間だけの関係だ。

残り少ない時間を、つまらない悩みごとで失うよりは、ディートバルトと笑っていたい。

刹那的な恋、幼い恋と嘲られても、今は、精一杯に彼への思いを貫いてみたい。

（詮索しない。そう約束した。だから、見ない。考えない）

内心で必死に言い聞かせながら、マリアはディートバルトへ微笑み、うなずいた。

「ああ、話が逸《そ》れたな。寄る所とはリアルト橋の横にある商館だ。アナトリアから来た宝石商と会う約束をしている」

アナトリアは東にある異教徒の国のことだ。

ここいらの国は、救世主と聖女を主とする聖教の教えを信じる者がほとんどで、異なる神々を信じる国との交流は忌避されている。

だが、ヴェネトは通商国家だけあり、宗教的な制約や対立に囚《とら》われず、さまざまな国の使節団や商人を受け入れている。

アナトリアもその一つで、価値観や文化の違いによる風変わりな美術品や、緻密で技術で作られた宝飾は、希少性とともに貴族社会で高く評価されていた。

「お仕事の話でしょうか？」

こんな祭りの日にと思うが、珍しい品を売る商人は、祭りの人出に当て込んでヴェネトを訪れる。

珍品を買い付け、高名な職人を王侯の元に召し抱えようと交渉するには、絶好の機会だ。

どのような仕事か、自分が同席していいのかと目をまばたきさせていると、ディートバルトが驚いた様子で顎を引き、次いで口端を上げ——最後に、こらえきれないといった様子で吹き出した。

「これだからマリアは。……違う。仕事ではない。お前に贈りたい品があって商館に招いた。早く移動しないと、選ぶ時間がなくなってしまうがいいのか？」

したり顔を見せるディートバルトに対し、今度はマリアが驚く番だった。


「すごい……！」

総督府の敷地内にあるドゥカーレ宮殿で、マリアは窓を開くなり感嘆の声を上げる。

開けた広場に向かうようにして、大きな帆船が停泊していた。

日が沈んだ港だというのに、まるで真昼のように煌々と船が光り輝いている。

帆船の甲板や側舷が、無数のランタンで照らされているからだ。

すでに歌劇が始まっているためか、舳先《へさき》に用意された舞台では演者が朗々と歌い語っており、その背景を、絶えず連なる波音が飾る。

　窓から身を乗り出すようにして舞台となる船に見入っていると、隣に並んだディートバルトが、優しげな表情で観劇用の双眼鏡を差し出してくれた。

「ありがとうございます」

　嬉しさと、ほんのわずかばかりの罪悪感をない交ぜにしつつはにかむと、気にするなとばかりに、親愛のにじむ仕草でディートバルトはマリアのこめかみに軽く口づけた。

　安心しつつ、窓辺に用意されていた長椅子に座る。

（よかった。怒ってない……）

　胸を撫《な》で下《お》ろす。

　つい先ほど、マリアはディートバルトを盛大に呆れさせ、そして、拗ねさせてしまったのだ。

　──事の発端は、ディートバルトが面会を約束したアナトリアの宝石商だ。

　といっても、宝石商本人に落ち度があった訳ではない。

　彼が用意した品について、マリアは期待に添う反応を返せなかったのだ。

　黒い天鵞絨《ビロード》の上に、星さながらにちりばめられていた多くの指輪を思い出す。

　ダイヤモンドにルビー、サファイア、あるいは、それらをモザイクのように一面にちりばめた大ぶりの物から、繊細な金線を花弁の形に重ね、薔薇やヒナギクを再現した美しい物。

　用意された指輪だけで、宝飾店が開けるのではないかと思えるほど豪勢な品揃えを前に、マリアは一つの指輪も選べなかった。

どれも見事で迷った訳ではない。何一つ、選びたくなかったのだ。

冥婚の指輪を拾ったことが原因で、親と引き離され、その後十三年、隠者のように離宮に押し込められたマリアにとって、指輪は忌避すべきものでしかない。

首飾りや腕輪ならなんともないが、指輪を嵌めようとすると、途端にモヤモヤとした嫌な感情が腹に溜《た》まり、普段は押し隠している、寂しさだの不満だの、恨みだのの、我がままで黒い感情が表に飛び出しそうになる。

どうして、自分が両親と引き離されなければならなかったのか。

どうして、外の世界を見てはいけないのか。

——そんな嘆きを噴出したところで、誰にもどうにもできない。

両親に合わせろと泣き暮れるマリアに対し、日ごと厳しくなっていく侍女らの態度で気づく。

泣き暮らし、癇癪《かんしゃく》を起こし、周りの大人を困らせても、両親には会えない。

ただ、今後の生活が辛く苦しいものになるだけだ。

いつ終わるともしれない王妃という道化芝居と、離宮での軟禁生活を、平穏無事に過ごすため、マリアは自分のうかつさだけを呪い、他を責めず、穏やかに微笑むことにした。

寂しさや悲しさに蓋をし、周りに望まれるよい子として振る舞い続け、波風を起こさぬよう生き延びるのだ。そうすれば、いつかは、この離宮から外に出られる。

それが来年か、六十年後の老衰時かはわからないが。

そうして時を重ねてきたマリアだが、指輪だけは、何年経っても受け入れ難かった。

頭では、ただの貴金属と宝石の塊《かたまり》でしかないことを理解できている。

だけど心がついて来ない。そして訴える。

あれを嵌めれば不幸が起きる。大切な人との別れが迫る。

馬鹿げているとわかるのに、どうしても指輪が選べない。

選べないけれど理由を説明することもできない。

だってそうだろう。

離縁された元王妃だなんて、話したところで信じてもらえないし、信じられても困る。

ヨハンと早く離婚したさ故に、〝王妃マリアは悪妻〟という噂を放置したのだから。

（だって、誰かに恋して、好きになってほしくなるだなんて、考えもしなかったから）

ポモーゼの元王妃だなんて告白したが最後、やった覚えもない悪評が、薄汚れた値札のようにマリアにベタベタと張られてしまう。

そうなった時、ディートバルトはマリアを嫌いにならないだろうか――？

ともあれ、贈り物として差し出されても、指輪だけは受け取れない。

遠慮するなと笑いかけるディートバルトに、意を決して訴えるも通じない。

そこから始まる、遠慮するな。いらない。どうしてだ。指輪以外なら――の不毛な問答。

理由を話せないマリアの態度に焦れたのか、ディートバルトも意固地になって、指輪以外は用意させてないと拗《す》ね始《はじ》め――予定していた時間を大幅に過ぎてしまった。

上手く仲直りする方法もわからないマリアは、途方にくれる。

しょげてみるも、やっぱり理由を説明できない。

お前が、あの悪妻と名高いマリアかと、嫌われてしまうのが怖いのだ。

もちろん、ディートバルトは風聞を頼りに、人を評価する男でないとわかっている。

わかっているけれど、やはり、好きな人には少しも悪い評判を聞かせたくない。

そんな気持ちをなんというのか――。

ともかく、謝ろう。いや、謝って、また先ほどの不毛なやり取りが再開し、本当に不機嫌にさせてしまったら。

迷い、ためらい、歌劇も上の空でディートバルトを盗み見していると、突然、彼が長い溜息を落とし、マリアの肩を抱き寄せた。

不意の接触に、心臓がどきりと波打つ。

「見なくていいのか？　楽しみにしていただろう」

臆病な小動物を驚かすまいとするような、気遣いに溢《あふ》れた声だ。

マリアがうなずき、ためらいがちに相手を見上げると、ディートバルトが、マリアのこめかみから耳の後ろを指先で優しく撫でだす。

くすぐったさに首をすくめながらも、マリアはなぜか逃げられない。

甘く、親密だと思える仕草が嬉しくて、慣れた猫みたいにディートバルトへ身を寄せる。

「俺は、マリアに喜んでほしいし、笑ってほしいだけであって、困らせたい訳ではないんだ。それは理解していてほしい」

はあっ、と、どこかやるせなげに嘆息し、照れた様子で目を合わされる。

どういう意味だろう。

偽の妻に対する労《ねぎら》いか、あるいは、妹じみた存在に対する優しさか。

――それとも、少しぐらいはマリアの望む感情が秘められているのか。

知りたくて相手を見つめると、ディートバルトは目元に朱を刷《は》きながら顔を逸らし、少し雑な手つきで双眼鏡をマリアに押し付ける。

「俺じゃなくて、歌劇を見ろ」

ふて腐れた口ぶりだが、浮ついた語尾が態度を裏切っている。

一つうなずき、彼が好きだと再認識しながら、双眼鏡を目に当てる。

しばらくは、ディートバルトの存在ばかりが気になっていたマリアだが、演目が進むに連れて、だんだんと、目の前で繰り広げられる芸術世界の虜《とりこ》になっていく。

遠くまで張り響く女優の独唱曲に感嘆し、兵士役の歌い手たちが、合唱が終わると同時に海に飛び込む演出にぎょっとし、終幕に上がる花火が夜空を飾る頃には、マリアは自分が誰で、どこにいるのかもわからないほど感動していた。

ほう、と溜息の音が聞こえ、自分が一人ではなく、ディートバルトと来たことを思い出した。

マリアは、窓辺に肘を突いていた身を起こし、隣にいる彼へ目を向ける。

「ッ……」

小さく息を呑んだと同時に、彼から目を逸らしうつむく。

心が落ちかなくなるほど、ひたむきで、熱を含んだ眼差しがマリアへ注がれていたからだ。

全身の血が燃え立ち、鼓動が高まった。

息苦しいほどに体温が急上昇し、唇が震え、喘いでしまいそうになる。

そろそろと深呼吸をしながら、手にある双眼鏡を弄《いじ》って間を保たせようとするが、マリアはもちろん、ディートバルトもなにも言わない。

外にある広場からずっと聞こえていた、観客たちのざわめきすらも遠く、港に打ち寄せる波音と判別が付かなくなっていた。

歌劇が終わり、人々が帰路へ着いているからだ。

わかっていても、マリアはなんだか、困ってしまう。

こんなに静かでは、どうしたって、側にいる男を——ディートバルトを意識してしまうではないか。

うつむいたまま、横目でディートバルトをちらちらと盗み見しすぎたせいか、目元が熱くなっている。癒やそうと指先をあてたマリアはふと気づく。

「あの……。私、変な顔になっていますか……？」

「うん？」

「双眼鏡を当てすぎたから」

連れがいることも忘れ、夢中になって歌劇を見ていた。だから目元に、覗き口の跡でも付いているのかと焦ってしまう。

「少しだけな」

言うなり、マリアが目元を擦るより早く、ディートバルトの指先がこめかみをかすめる。

予想外の接触に、マリアはびくっと身をすくめませた。

男の乾いた指先が触れた場所が、まるで火傷《やけど》したみたいにひりつく。

「冷やさなくては」

彼の視線から逃れる端緒を得られ、安堵しながら立ち上がる。

窓辺を離れ部屋の奥へ戻るとひんやりする。テーブルの上に、花を閉じ込め凍らせた、大きな氷柱《ひょうちゅう》が飾られているからだ。

紫色のラベンダーに白い梔子《くちなし》、薄紅色や黄色の小さい薔薇。

氷が溶けていくごとに、一つ、二つと銀盆に花が落ち、甘い香りをかすかに漂わす様は、幻想的で美しい。

特等席として用意された客室は、外交大使などが宿泊するための一室で、飴色《あめいろ》の木段を持つ折り上げ天井に、建国に際する伝承画が描かれている。

部屋の四隅にある藍色の顔料で描写されたイリス——菖蒲《あやめ》の装飾も見事だ。

宮殿が建てられた頃からある部屋らしく、寝室と居間を分けない古い建築様式だが、酒や果物、ちょっとした軽食などは、手抜かりなく用意されていた。

少し勿体ないな、と思う。

歌劇が終わった今、これらの料理や酒を楽しむことも、もうないだろう。

下の混雑が落ち着くのを見計らって、家に帰り——また、日常に戻るだけだ。

夜空を飾っていた花火が消えるように、華やいでいたマリアの気持ちがしぼむ。

勿体ない。もう、ディートバルトと過ごす時間が終わるだなんて。

思えば、今日は一際、彼と眼差しを交わすことが多かった。

宝石を前に言い合っていた時間はもちろん、階段を上がる時に手を取られた時や、移動用のゴンドラで二人並んで座っている時も。

そして、目が合わなくても、どこかしらに彼の存在を感じていた。

言葉がなくても、側にいてもらえるだけで嬉しかった。

彼の存在を感じるだけで、心がふわふわと浮かれてしまい、触れられると心臓がどきどきしてしまう。

恋する男の傍らにいて、世界を知る。

その幸せに浸り、先を見ないようにしていたマリアだが、頭の片隅ではわかっていた。

いつかは、この旅も終わってしまうのだと。

現実から目を背け、嬉しいことや、楽しいことばかり見ていた。

ディートバルトに、少しでも幸せだと思ってほしくて。

偽りでも、マリアを妻にしてよかったと思ってほしい。

願わくば、マリアと過ごす時間も悪くなかったと思ってほしい。

(旅が終わってからも、時々、思い出してもらえるように)

劇に夢中となる前に、ディートバルトも言っていた。マリアに喜んでほしいし、笑ってほしいと。

もし、同じように、思い出をいいものとして記憶しようとしてくれているのなら、それは嬉しい。嬉しいけれど――切ない。

思い出になるということは、二人が別れることだから。

時が過ぎるのを名残惜しみながら、マリアは持っていたハンカチを氷柱に当てて冷やす。

――落ち込むな。寂しいと思うな。

わかっていたことではないか。

マリアとディートバルトは仮初めの夫婦。この旅が終われば、夢のように終わってしまう。

先ほどまで見ていた歌劇と同じだ。

華やかな舞台、昂ぶる感情も、終幕を迎えればそこでおしまい。

輝いていた明かりが落とされ、気持ちを盛り上げる音楽が失われれば、観客も演者も等しく同じ。日常を重ねていくただの人。

マリアとディートバルトの関係もしかり。

旅が終われば、お互い、違う日々を歩んでいく。

もちろん、時折は手紙をやり取りしたり、ふと思い出したりするだろう。

だが、それだけだ。

いつか、彼は、マリアの知らない女性を妻に娶《めと》り、愛していく。

気づいた瞬間、どうしようもなく胸を締め付けられ、マリアはあわててハンカチを目に当てようとする。

だけど叶わなかった。

いつのまにか背後に立っていたディートバルトが、マリアを抱き締めてきたからだ。

「ツ、……ディート、バルト様?」

震え、喘ぐようにして名を呼ぶ。

涙を隠すためのハンカチは、驚いた弾みにマリアの手から落ちていた。

「あ……」

か細い声を上げ、落ちた布切れを拾おうとするが、腹部に回されたディートバルトの腕に力が籠もり、マリアは息を詰めてしまう。

「……一体、どうされたのです」

冷静に、感情を揺らさないように気を遣いながら尋ねる。

「どうした、と聞きたいのは俺の方だ。……今日だけじゃない。ここ数日は特にそうだ。マリアは、幸せそうに笑いながら、誰も見てないようなところで、ふと寂しそうな顔をする。……なぜだ」

自分の内に取り込んで守ってしまいたい。そう考えていそうな強さで、ぐうっと身を引き寄せられる。

「寂しそうな顔だなんて……」

後ろから腹に手を回されているので、彼の表情が読めない。

だから、どういう気持ちで、そんな疑問をマリアにぶつけているのかわからず、戸惑う。

「気遣わせてしまったのなら、ごめんなさい。でも、大したことではありませんから」

追従するようにして笑えば、嘘を吐くなと言いたげに、ディートバルトが後からマリアの肩口へ顔を伏せた。

しなやかで硬い男の黒髪が、剥き出しになっているマリアの肩やうなじを滑る。

くすぐったさとも、痛がゆさとも違う、ぞくぞくする感触に身をわななかすと、一拍遅れて、ディートバルトの額が首筋に当てられ、擦り付けられた。

氷柱で冷やされた室内にあって、男と触れ合う部分だけが熱い。

しっとりと汗ばみ、マリアの肌と馴染もうとするディートバルトの額を、押しやることもできず、棒立ちでいると、彼は、はあぁっ——と、やるせなさげに息を落とす。

「大したことではない。大丈夫。……マリアが、俺にそう思わせたがる気持ちもわかっているが、やはり……きついな」

言いながら、ディートバルトはマリアの肩口に唇を触れさせ、低く、平坦《へいたん》な声で告げる。

「今日は、心から楽しいと、俺といるのが幸せだと思わせ、一瞬たりとも悩ませずに済むようにしたかったのだが。上手くいかないものだ」

ごめんなさいと、謝罪を重ねることはできなかった。

ディートバルトが、なにかとマリアを気遣ってくれていることには、随分前から気がついていた。

時間に余裕があり、さして旅の目的がないマリアと違い、ディートバルトは人捜しのためにヴェネトにいる。

事実、昼は来客とともに書斎へ籠もっていることが多いし、副官のヴァルターを連れ、夜遅くに二人でどこかへ行く日もある。

それでも、可能な限り食事の時間は共にしていてくれたし、夕食前の気分転換といっては、あれやこれやの名所史跡にマリアを案内してくれた。

最初は、恩返しを口実に旅に巻き込んだことを、申し訳なく思っているのだろうと考えていたのだが。

（私が、寂しい顔をしていたから……？）

腰を抱く腕の力、背に当たる逞しい胸板、頬や首筋に触れるディートバルトの顔や黒髪。

それらに心が乱される中、彼の独白をどう受け止めていいのか迷う。

「……私」

喉を反らし、喘ぐように囁《ささや》いたが言葉が続かない。

いや、続けようとするマリアに先んじて、ディートバルトが嘆息した。

「好きな女から、大丈夫と言われて距離を置かれるのが、こうも辛いとは知らなかった」

「え……？」

「少しでも俺の名残を残したくて指輪を贈ろうと考えたが、受け取ってもらえなかったしな。……俺以外の、前の夫の指輪が、マリアの薬指を飾っていたかと思うと、気がおかしくなりそうだ。それほど好きなのに。どうしても、最後の一歩が踏み込めない」

頭の中が真っ白になる。聞き間違いだろうか。そうに違いない。

（ディートバルト様が、私のことを好きだなんて……）

あるいは、旅の道連れとしての好意か。夫婦を演じたついでの余興か。

──冗談に、してしまわなければ
本気にすれば、きっと、お互いが傷つく。

旅の間だけの夢でいい。夢だからこそ幸せで──現実になることは永遠にない。

ディートバルトは賢く、紳士だ。

ここでマリアが気づかぬ振りをするか、戯れにすれば、きっと従ってくれるだろう。

間違っている。よいはずがない。

旅先で出会った、見知らぬ男の厚意を真に受け、応えようとするなんて。

ディートバルトについて知っていることと言えば、軍人で、バーゼル帝国の貴族だろうということ。それと、このヴェネトで大切な人を探しているということだけ。

(それは私も同じこと。何一つ、ディートバルト様に本当のことは伝えていない)

夫と離婚し旅に出た。行く先は決めていない。──それだけだ。

幼い頃、故も知らず親と引き離され、名目だけの王妃であったことなど伝えていない。

今後も伝えられるかわからない。だけど。

──ディートバルトに恋をしている。その気持ちだけは嘘ではないのだ。

胸に湧き起こる不安やおびえ、嘘を吐き続けるかもしれない罪悪感。それらすべてを取り払い、向き合った瞬間、マリアは衝動に任せ振り返る。

「マリア……?」

突然の動きにディートバルトが戸惑いを示す。

それもそうだろう。振り切るような激しさで、マリアが身を反転させたのだから。

次の言葉を真摯に受け止めようと、ディートバルトが唇を引き締める。

マリアは深呼吸してから毅然《きぜん》と顔を上げる。

「私には、なにもわかりません。……ディートバルト様が本当は何者で、どうして私を大切にしようとしてくれるのか。好きと口にしてくださったのか」

旅の間に、彼の博識さや頼もしさ、ふとした時に見せる悪戯っぽい顔を知ってた。

だが、それはディートバルトの人生では些末《さまつ》なこと。

きっと、マリアは一面どころか、一分すら知れてない。

軍人というのだから、場合によっては人を手に掛けてもいるだろう。

あるいは、マリアの預かり知らぬところで、ずるいことを考えているのかもしれない。

「それでも、一つだけわかることがあります。……私は、ディートバルト様が好きなのだと」

男女の駆け引きなどまるで知らぬマリアだ。上手いやり方ではないのかもしれない。

だが、生まれて初めて恋をした相手には、誠実に気持ちを伝えたいと思う。

まっすぐに相手を見つめるけれど、きちんとできているかわからない。目が酷く、熱く、羞恥のあまり、視界が涙でぼやけている。

頬や耳どころか、うなじや手足まで火照っているのがわかる。

息が震え、立っているのが不思議なほどくらくらするが、目を反らしはしない。

「好きだという言葉を、ま、間違って受け止めたのかもしれません。それでも、どうなっても、構わない。私は、貴方が好き。ずっと側にいたい。だから寂しいのです。この旅が終われば、わっ、私が、貴方の、側にいる理由がなくなって、しまうのだか、らっ……寂しい顔をせずになんて、いられ、な……っい」

感情が昂ぶりすぎて上手く伝えきれない。

顔だって林檎みたいに真っ赤で、せっかくのお化粧が台無しだ。

（ああもう、なんて幼稚なの。相手の都合も考えずに、気持ちをぶつけてしまうなんて）

好きと伝える方法がわからず、あれこれ考え、迷惑ではないか、重荷にならないかと頭を悩ませたくせに、何一つ成果として出ていない。

涙の被膜越しに、ぽかんとするディートバルトの顔が見え、マリアはたまらず両手で顔を覆う。――呆れられた。そうなるだろうとはわかっていた。

大人の言葉遊びだとわからずに、粋《いき》も洒落《しゃれ》も理解せず、こんな風に胸の内を明かすなんて、とてもではないが淑女じゃない。マリアらしくない。

「わっ……忘れて、ください！　私、も、忘れるように、しますか……ッ！」

言い終わるより早く、ディートバルトの両手がマリアの両手首を掴む。

そのまま、彼らしくない強引さと荒っぽさで、ぐいっと左右に開かれる。

「みっ、見ないで」

羞恥のあまり泣きそうな顔は、取り繕いようもなくぐしゃぐしゃで、人に見せられたものではない。好きな男なら尚更。

まとめ髪が崩れるのにも構わず、頭を振りながら目をつぶる。

ディートバルトは、マリアの手を一纏《ひとまと》めに掴みなおし、空いた右手をマリアの頬に添える。

上気した頬を、それより熱い男の手に包まれ、どきりと心臓を跳ねさせた時だ。

やるせない吐息が耳の側に落とされ、はっとする。

覚悟を決めながら相手の方を見て、マリアは呼吸を止めてしまう。

マリアと負けないほど顔を真っ赤にし、信じられないものを見るような目を向けるディートバルトがいた。

「ディート、バルト……様」

今度はマリアの方があっけに取られてしまう。

いつだって隙がなく、非の打ち所がない男であるディートバルトが、初心な少年のように照れているのだから。

「まったく。なんてことだ。信じられない。マリアは俺を殺す気か……ッ」

動揺しきった声で言われ、マリアもおろおろしてしまう。

「ごっ、ごめんなさい、あの、全然、わかってなくて」

「ああそうだ。本当にわかっていない！　俺の言いたいことを全部先に告白してくれた上、そんなに可愛い態度を取るなどと。……酷い女にも程がある！」

言うなり、彼はがばりとマリアを腕に収め、力に任せ抱え上げる。

「っきゃ……！」

ディートバルトはマリアの腰を掴んで宙に浮かせ、朗らかに笑いながら、その場でくるくると回りだす。

「好きだ！　マリア、好きだ。……ずっと側にいたいだって？　旅が終わって俺と別れるのが寂しいだって？　だったら、永遠に側にいろ。俺から絶対に離れるなっ」

好きだと繰り返しながら、ディートバルトは部屋中で浮かれ騒ぐ。

解けた髪も、ドレスの裾も、ディートバルトの動きに合わせ、ぶんぶんと外にたなびく。

だけど回りすぎたのか、好きだと言いすぎて息切れしてしまったのか、ディートバルトは笑いながらよろめき、部屋の奥にあるベッドに仰向けに倒れてしまう。

彼の胸板にのし掛かる形で抱かれながら、マリアが目を回していると、一転して、優しく、愛おしむ動きで髪が梳《す》かれだす。

心地よい指の動きに身を任せ、男の身体の上で目を閉じる。

どくん、どくんと、力強い鼓動の音が肌越しに伝わるさまにうっとりし、気持ちが通じた歓びを二人で一緒に噛《か》みしめる。

好きな人が、好きでいてくれた。

感動しながら身を重ねていたが、呼吸が治まるにつれ、物足りない気がしてしまう。

最初は互いの髪をまさぐるだけだった指は、どんどんと領域を広げ、こめかみから頬、顎から喉と、惚れたものの形を探りあう。

男らしい硬い黒髪。思ったより滑らかな顎の線。

柔らかい肌の中に突然現れる喉仏の、隆起する不思議な形。

触れられるごとに、触れるごとに、もっと知りたい、もっと確かめたいと気持ちが募りだす。

落ち着いていたはずの呼吸が、再び上がりだした。

だけど先ほどとは違う。より湿り気を帯びた、低い吐息が混じっている。

「ん……、は……」

好きな人に触られるのがこれほど心地よいものだとは知らなかった。

まるで、蜜をたっぷりと張った浴槽に浸っているようだ。

周りの空気も熱も、すべてが甘く、とろりとしていて身体が火照る。

「ぁ……あ」

うっとりと目を閉ざしていたマリアが、小さく喘いだ時だった。

ディートバルトが鋭く息を詰め、次の瞬間、待ちきれないとばかりに唇を重ねてきた。

侍女や人前で、夫婦を装う時にする、触れるような口づけとはまるで違った。

触れた唇の表皮から、相手の体温を知ったと同時に、ぬるつく感触が合わせ目を舐める。

「んっ……ふ、ぅ……ッ、ん」

誘うようにちろちろと舌先で上唇をくすぐられると、引き結び、息を詰めていた口が酸素を求めほころんだ。

滑らかな動きで、男の舌が中に押し入ってきた。

ディートバルトのそれを受け入れるのは二度目だが、最初とは、まるで感じ方が違う。

あの時よりずっと熱い。

身体に眠る未知の欲情を引き出そうという風に、ねっとりと時間をかけて、ディートバルトの舌が動く。

驚きに縮み強ばっているマリアの舌に、己のそれを重ね、解すようにして舐める。

歯茎を丹念に辿《たど》り、かと思えば目一杯自分を含ませ、内部を淫らに掻き回す。

そうされるごとに、身体から徐々に力が抜け、口の内部もまた、柔らかく溶けていく。

男の舌にねぶられ、翻弄される時間は長く、マリアは酸欠に喉を震わせる。

だけど口いっぱいにディートバルトの舌を受け入れているので、唇から息を逃がすことはできず、吐息は甘みを帯びながらマリアの鼻腔《びこう》から外へ抜けた。

「んんぅ……ぅ、くぅ……ぅン」

子犬みたいな声に羞恥を覚え身震いすると、それがたまらなく可愛いという風に、男の手が背中や肩を撫で回す。

息苦しさと心地よさの合間を行ったり来たりしながら、マリアは自分が流されてしまわないように、ディートバルトの頭をかき抱き、縋る。

くくっと喉を震わせ息を継いだディートバルトが、熱を帯びた声で囁く。

「たまらなく愛らしいな……。もっと、もっと感じさせたくなる」

耳の裏をくすぐり、びくっとマリアが身を跳ねさせるのを楽しんでから、彼は再び接吻する。

歯列の間際まで舌を引き、一転して奥まで差し込んでくる。

耳を塞ぎたいほどはしたない音がするが、嫌悪はない。

どころか、もっととねだるようにマリアの小さな口が限界まで響く。

接吻の音がいやらしいと思う一方で、マリアは、密かに興奮しだす自分を、驚きとともに受け入れだしていた。

従順となった反応に気づいたのか、ディートバルトが少しだけ激しく舌を動かしだす。

ざらりとした表面が滑らかな口蓋を擦り、喉奥へ至り、舌の付け根を執拗《しつよう》に舐める。

すると、ぐちょ、ぐちゃ、といった露骨な濡れ音が、一層淫らに大きくなる。

（気持ち、いい……）

思うように息ができないことは苦しかったが、それでも抵抗しようとは思えない。

酸欠に頭が白濁していく一方で、身を預ける男の肉体の熱を、強く感じてしまう。

「ん、んん、ん」

出入りする舌を受け入れることに夢中になっている間に、背を撫でていたディートバルトの手が、一つ、また一つとドレスの留め金を外していく。

はっと息を詰めた時にはもう、男の指はコルセットの革紐《かわひも》に絡んでいた。

「ぁ……」

服を脱がされる。その意味に気づき、ぎゅっと目を閉じる。

これから行われることについて、知識では知っていた。

初夜と同じように肌をさらし、親密に触れ合い、そして互いの性を交え契る。

(どうしよう……)

気持ちが通じた嬉しさで忘れていたが、マリアにはその手の経験がない。

結婚はしていたが、一日だって、夫であるヨハンと暮らしたことがないのだ。

十歳になった時、閨《ねや》の作法だけは教えられたが、もう、ほとんど覚えていない。

(じっとして、身を任せていればいいと習ったけれど、上手くできるかしら……)

呼吸の乱れから戸惑いが伝わったのか、ディートバルトがコルセットを解く手を止め、マリアの表情をうかがう。

「どうした」

「……あの、私、こういうことは、初めてで」

どう動いていいかわからず、もじもじと身を揺さぶれば、ディートバルトが微苦笑した。

「だろうな。貴女は身持ちが堅い上に初心だから。こんな状況は初めてだろう」

マリアを安心させるように、頬や鼻先、額と、順番に唇を触れさせ、気持ちを慰めだす。合間に、好きだとか、美しいだとか、心を蕩かす賞賛を挟みながら。

「……大丈夫だ。絶対に悪いようにはしない。俺にすべてを委ねてくれて、構わない。今夜も、明日も、その先も」

小雨のように降りしきる甘く優しい口づけに、ほうっ、と吐息を漏らした途端、コルセットの革紐《ひも》が一気に解かれた。

ふわっと、身体が浮くような開放感に目を細めれば、間を置かずして、ディートバルトがマリアの背中に両手を回す。

「あ、あ……」

驚き、首を背に向けるより早く、緩んだコルセットが胴からすっぽりと抜かれてしまう。

そして、ディートバルトの頭を抱いていた腕の部分で留まった。

「やっ、っ……」

手首のところで留まったコルセットを払おうとするが、紐が指に絡みうろたえる。

冷静であれば、なんなく外せるはずなのに、乳房を守るものが消えた不安から、マリアは混乱し身を捩《よじ》る。

「っ、は……ッ、あ」

コルセットより先にくつろげられたドレスが、二人の間で、くしゃくしゃになっていく。

薄い絹で作られた布は、わずかな身動きでも滑らかに逃げ、結果、マリアは素肌をさらした胸を、男の肉体に押し付ける形となっていた。

「っ、やぁ……」

胸を隠さなければ。だけど、手を使わずドレスを抑えるには、下で仰向けとなっているディートバルトに乳房を押し付けるしかない。

どうすればいいかと戸惑い、自らの上で身をくねらせる女を目で愉しんでいたディートバルトだったが、もがくマリアが、手からコルセットを抜き捨てた瞬間、ドレスを一気に引き下げ、その勢いのまま、ぐるりと身体を反転させた。

頭一つ分どころか、一回り以上に体格差のあるディートバルトに寝返りを打たれ、上にいるマリアも一緒に転がってしまう。

あっという間に天と地が逆転し、寝台に転がる形で組み敷かれた。

「わっ、……!」

びっくりして目を見開き、マリアは思わず息を詰めた。

四《よ》つん這《ば》いとなり、手足を使いマリアを閉じ込めたディートバルトの、いつもより精悍で研ぎ澄まされた顔に気を奪われる。

まるで獲物を定めた獣のようだ。

危険な狩猟本能に目をぎらつかせ、マリアを圧倒している。

理性という脆《もろ》い檻《おり》など一撃で粉砕し、思うままにマリアを蹂躙《じゅうりん》し、味わおうとする男を前に、不思議と恐怖は感じなかった。

代わりに、ぞくぞくとするものが爪先から頭までを走り抜け、おののく。

目を反らすこともできず、は、は、と浅く息を継いでいたマリアが、焦れるようにして唾を呑んだ瞬間だった。

申し訳程度に身を覆っていたドレスを女の四肢から引き抜き、手荒く寝台の外へ投げ捨てたディートバルトが、返す速さで、自分の軍服の上着をも脱ぎ捨てる。

シャツだけという身軽な服装になった彼は、夜空に浮かぶ月を求めるようにして、そうっとマリアの胸元へと手を伸ばす。

「っ、あ」

触れるか、触れないかの位置で止まった男の手から放たれる熱で、じりりと肌が炙《あぶ》られる。

コルセットの下には、薄く透ける絹でできたシュミーズしかない。

しかも、ドレスに合わせて肩紐《かたひも》がなく、布を留めるのは、胸の上下に通された色つきのリボンだけだ。

あの手が触れれば、少しでもきつく掴み揺さぶれば、すぐに乳房が暴かれてしまう。

恥ずかしさにマリアが身悶《みもだ》えるや否や、ディートバルトの手が胸に実る果実を包み込む。

「ああっ……！」

掌から直に伝わる熱に喘ぎ、マリアはぶるぶると身を震わせる。

非日常的な状況と身体を煽る体温に、鼓動が一気に跳ね上がった。

自分でも、風呂か着替えの時しか触れないような場所を、男に触れさせている。

膨らみを包み込んだ手は、マリアの呼吸が整うまで根気強く動かず、ただ、自らの熱と感触を与え、慣らすだけだった。

だが、マリアの身体が焦れわなないたのを切っ掛けに、手指が果実を解しだす。

もどかしいほど時間をかけて、肌から愉悦を流し込まれる。

手に跳ね返る弾力を愉しむようにやわやわと揉《も》み、かと思えば、男性らしく骨のしっかりした手の甲で乳房を支え、胸の側面を指の背で弾《はじ》き遊ぶ。

「あっ、あ、ああっ、あ」

皮膚から肉体へにじむ、ディートバルトの手の感触に身を震わす。

仕草のわずかな変化にも悶《もだ》え、今まで知らなかった感覚に、戸惑いと羞恥の声を上げるマリアを愉しみながら、彼は徐々に込める力を強めていく。

今やディートバルトに遠慮はなく、乳房の形を歪《ゆが》ませながら、己のやり方をマリアに教え込んでいた。

男の手の動きに呼応して、身体を襲う痺れのようなものが、うねり、高まっていく。

「っ、ん！」

耐えきれず背を弓なりにすれば、まるで捧げるように胸がディートバルトへ迫り上がる。

すると待ち構えた動きで彼が身を伏せ、胸の膨らみへ顔を近づけた。

「……ぁ、あ……」

それは酷く淫らな眺めだった。

骨張った男の指にくびり出された乳房。

その中央に、薄く透けるシュミーズを押し上げ、乳嘴が頭をもたげている。

ぷっくりと実り、紅を濃くした尖端《せんたん》に向かい、男の唇が近づいていく。

日常では決してありえない光景に目を奪われ、息を詰めるマリアに気づいたのか、ディートバルトは見せつけるようにゆっくりと口を開く。

濡れ光る口腔の、艶《なま》めかしい肉色に気を奪われた瞬間。

マリアの胸の上下を飾っていたシュミーズのリボンが、一気に解かれた。

膨らみを絞る形で肌に留まっていた薄絹は、あっけなく左右に割れ、乳房のまろみを撫でるようにして脇へ落ちる。

はっと息を詰めたマリアの前で、ディートバルトは思わせぶりに舌を突き出し、まろい双丘の頂点を舐めた。

「ん、ひ……ッ、い！」

生温かく濡れた感触が乳首を包み込んだ瞬間、甘い疼痛《とうつう》に思考が奪われた。

ちゅ、ちゅ、と音を立てながら胸の花蕾に吸い付かれると、どうしようもなく鼓動が乱れ、むずむずとした痺れが乳房全体へと広がる。

膨らみに押し込めるようにして先を舌で押されると、鋭い悦が乳房から肉体へ伝わり、腰がおのずとくねりだす。

「はぁ、あ……ああ、ん」

じゅるじゅるとした卑猥《ひわい》な音に耳を塞ぎたくなる。

男が、しゃぶりつくようにして先端をなめ回す光景は刺激的で、マリアの身体は、マリア本人の意志に構うことなく興奮しだす。

肌が燃えるように熱くなり、腰や背があやふやに揺れ動こうとする。

側面を擦るようにして舌先で舐められ、あるいは、先を突かれとするうちに、胸の花蕾はどんどん芯を持ち、硬く変化した。

初めてなのに、いやらしい反応ばかりしてしまう自分が恥ずかしい。

手でシーツを掴み、かかとを寝台へ押し付け我慢しようとするが無駄で、ディートバルトは、どんな反応も隠すなと言いたげに、一層攻めの手を強くした。

右の乳首が終われば左、左が膨らみ痺れだすと右と、勝手気ままに吸い、舐め遊ぶ一方で、

手はたわわな双丘を揉みほぐす。

複数の感覚で翻弄されながら、マリアは目を潤ませ喘ぐ。

「ん、あ、あ……ああっ、あ」

男の唾液によって乳首が濡れ光る。

その光景は酷く淫らで、興奮の熱とともに脳に焼け付く。

男によって味わわれることを期待するように、未熟だったマリアの乳房が重くたわみだす。

ふるふると揺れ、膨らみ、男の手に馴染んでいく果実を味わいながら、ディートバルトが満足げな笑いを落とした。

「随分、反応がよくなってきたな」

言うなり、両手の人差し指を使って、マリアの左右の乳嘴をくりくりと捏《こ》ね攻める。

「っ、は、あ……、あ」

尖端を引っ張るようにして弄られると、より一層強い刺激が生み出され、理由がわからないもどかしさに身体が騒ぐ。

このうずうずするものをどうにかしてほしい。

指先どころか、うなじや足の裏側までもがビリビリと痺れ、変に疼いている。

未知の感覚にうろたえ、不安がる身体が小さくうずくまろうとしたが、一拍早く、ディートバルトが動いた。

「駄目だ。隠すな。……全部見せて、味わわせろ」

傲慢に言われるが、嫌悪はなかった。

すべてがこの男のものになるのだと思うと、それだけで、陶酔に似た熱に浮かされる。

恥ずかしさをこらえ、胸を庇《かば》おうとしていた両腕を脇へ下ろすと、ディートバルトが、いい子だと褒めるみたいにして、マリアの頭を優しく撫でる。

そこからはもう、ひたすらに甘やかされ、翻弄されるしかできない。

耳朶《じだ》をねぶられ、耳殻を舌で辿られる。

首筋から胸元まで、一分の隙もないほど口づけられ、胸が絶え間なく捏ね揉まれだす。

唇だってもう、胸だけに留まってはおらず、鎖骨の上から乳房、脇から腹へと接吻しては、紅い吸い痕と愉悦を残していく。

「あっ……あ、ああっ！　やっ……ぁ」

男が触れる部分が増えるごとに、ますます肌が敏感になり、ほんのわずかな刺激が、震えるほどの快感へと繋がった。

もう、慣れなさから来る不安や緊張はどこにもない。

ただ、自分に触れてくる男の指と唇だけが、マリアが知るすべてとなる。

「んん、そこ、やだぁ……ッ」

耳の付け根から首筋。その部分に触れられると、頭がおかしくなるほど感じてしまう。

身をのたうたせ逃げようとするマリアを、腕一本で制止し、ディートバルトは、念入りにその場所ばかりを責め立てる。

くちゅくちゅとした音をわざと聞かせながら、唇で吸い辿り、小鳥のように震える頸動脈《けいどうみゃく》を甘噛みする。

尖らせた舌先で鎖骨の形を綺麗になぞり、胸の谷間から臍《へそ》までを一気に舐める。

一時も、同じ感覚に慣れさせせないよう手練手管を尽くす傍らで、手が秘められた場所へ忍び寄る。

寄せ震えていた太腿《ふともも》にそっと手を置かれ、その熱で気づいたマリアは息を呑む。

大切な場所を触れられる不安にマリアがおののくと、そっと耳の後ろを優しくくすぐられた。

目を向ければ、蕩けそうに甘い眼差しをしたディートバルトが、微笑みかけている。

「力を、抜くんだ」

穏やかな、だけど拒絶を許さない命令が、魔法のようにマリアの身体に染みる。

言われるままに力が抜けた脚の間へ、ディートバルトは手を差し込んだ。

だが、すぐに秘部を荒らすことはせず、掌で恥丘を包んだだけで、動きを止める。

「随分、小さいな……」

薄い恥毛をさらさらと指で梳き、マリアの頬やまぶたに口づけを落としながら、ディートバルトは感想を漏らす。

「小さくて、柔らかくて……熱い。……だが、もう、俺を受け入れようとほころんでいる」

言いながら人差し指と薬指を曲げ、ディートバルトは桃のように柔らかな丘へ、指を沈めだす。

誰にも触れられなかった縦筋は、ディートバルトが少し力を込めただけで、くちりと割れた。

「……あ」

今までの愛撫《あいぶ》により開きかけていた花弁の間から、汗とは違う、とろりとしたものがこぼれだす。

一体なにが、と気を向けた途端、甘酸っぱい匂いが鼻腔に漂った。

頭の芯がぼうっとかすむ、甘い、濃厚な香りだ。

ねっとりとして淫靡な匂いに気づいた瞬間、マリアはなぜだか、恥ずかしさのあまり泣きたくなってしまう。

「濡れ始めているな」

ディートバルトも匂いに気づいたのだろう、ふ、と笑いをこぼしながらそう言う。

「ごめんなさい。私……どうして、こんな」

未知の反応に戸惑い、心を揺らしながら謝ると、彼は目を大きくし、それから、おかしげに笑い、マリアの額に唇で触れる。

「なにを言い訳しているのだか」

「だって、こんな……風になる、なんて、知らなくって、て」

「随分、初心なことばかり言う。……それとも、前の夫は……いや、いい」

言いかけた言葉を打ち消し、ディートバルトはマリアの耳元で囁いた。

「誰に言われたことだろうが、すべて忘れろ。マリアを抱いているのは俺だ。俺の与えるものだけを感じていればいい」

そういうものだろうか。だが、よく考える暇などなかった。

男の指が、くすぐるようにして秘裂をなぞりだしたからだ。

「ふ、ぅ……あ」

ぞくぞくとするものが男の指先から生み出され、たまらない刺激となって下腹部に籠もる。

震えるような切なさに耐えかね腹筋に力を込めると、狭く、未開の隘路《あいろ》からトロトロとした滴が生じだす。

「んっ、ん、……ンン」

胸を触られるのとは違う、もっと微細で心を乱す感覚だ。

マリアが切なさに身を捩るにつれ、溢れるものの量は増していく。

ディートバルトは、少しずつ女体から滴《したた》る蜜を指に掬《すく》い、根気よく花弁に塗り込めだす。

最初は、あまり濡れぬ秘部に指が止まることもあったが、数分もせぬうちに、秘裂を割る指は滑らかに動きだした。

呼応するように、恥丘の奥がじりじりと炙られ、得体のしれない焦燥感に脈が速まる。

吐き出す息の間隔は狭まり、陰唇をなぞる男の指に合わせ、腰がゆっくりと震えくねりだす。

「は、は、あ……っ、あ」

歯列を割り、唇へと突き出した舌先に、色に満ちた喘ぎが跳ねる。

そうなるともう恥ずかしがる余裕もなく、マリアは秘処を這《は》う指の動くままに啼《な》いた。

「あ、あああっ、う、んんっ……、やぁ、あ、そこ、触るの、は」

結合するだけでいいはずなのに、指で穢すことに、なんの意味があるのか。

わからず、喘ぎの合間に問い掛けるも、マリアと同じく興奮しだしたディートバルトには届かない。

「いいぞ。ぐちゃぐちゃに溶け始めたな」

指だけでなく、掌全体を秘孔にあてがい、上下左右に揺さぶりながらディートバルトが喜色をあらわにする。

言葉通り、最初に濡れ難かったのが嘘のように、そこが淫らな液で濡れそぼっていた。

獣じみた息継ぎの合間に、ぐちょ、ずちょとあられもない音が響く。

掌底の部分を恥丘に押し当て、指でかき鳴らすようにして秘裂をまさぐられると、甘美な振動に気が遠くなる。

「あ……や、や……あ、あんっ！　あっ……あ」

だんだんと、ものが考えられなくなっていく。

腰をひねり、身をのたうたせ、迫り上がる悦を逃そうとあがくが、快楽は、散る端から新たな刺激となって、途切れなくマリアを翻弄した。

目を潤ませ、身を震わす女の痴態に煽られたか、ディートバルトの仕草や息づかいからも余裕が失われ、秘裂を弄る指に力が籠もりだす。

勢い付いた指が、蜜口の上に隠れていた淫らな蕾をかすめた。

「んっ、ひ……！」

今までとは比べものにならない強烈な刺激に身体が跳ね、その反動で、当てられていた男の指が、淫唇を割って、つぷりと中へ入り込む。

「ああっ……やっ」

突然、肉体の内側に生じた異物感にうろたえたのと、感じ入った声を出しながら、男が指をずぶずぶと膣《ちつ》へ沈めたのは同時だった。

自分以外のものが、自分の中にあって蠢《うごめ》いている。

その得体のしれなさに硬直したマリアだが、拒絶じみた反応はそう長くは保たなかった。

中に含まされた指で、ゆっくりと濡襞がなぞり解されるにつれ、違和感が中和されていく。

ディートバルトは、親指で小さな陰唇を弾《はじ》き捏ねながら、嵐のような激しさでマリアの唇を奪い、舌で口腔を掻き回す。

震える乳房だってそのままではなく、男の胸板に当てて押し捏ねる。

ディートバルトは全身を使ってマリアを感じさせ、己の肉体に馴染ませようとしていた。

一斉に性感帯を刺激され、処女がやりすごせるはずもない。

背筋は、浮いたかと思えば寝台へ落ち、次の瞬間にはまた浮いていた。

自分の身体なのに、まるで制御できない。

マリアの意志に反し、肉体が震えたり弛緩したりし続ける。

蜜筒を犯す指は二本に増やされており、淫汁を泡立てるようにしながら、交互に媚壁をまさぐっていた。

じゅぶじゅぶ、ぐちょぐちょと、卑猥な蜜音を響かせながら、ぬかるみが柔らかく蕩かされていく。

甘苦しさに胸が締め付けられ、口を喘ぎ開けば、端から一筋、唾液が垂れた。

「随分、狭い。……だが、ほぐれ、蠢き始めている」

恍惚とした声で言うと、ディートバルトは、軍人らしい長く無骨な指を、限界までマリアの胎内へ押し込み、ぐるりと蜜襞を刺激した。

「ンンッ、んぅううううっッ…………！」

背を反らし、後頭部を枕へ押し付ける。

淫芯と、その裏側を同時に押し捏ねられた瞬間、尾を引く悲鳴を放ちながら、マリアは達していた。

濁流のような快感に、総身の毛が逆立つ。

心臓を鷲掴《わしづか》みにされたような衝撃に呼吸が止まり、圧倒的な愉悦に涙がにじむ。

腹の奥が切なさにきゅうきゅうと引き絞られ、痙攣《けいれん》する蜜穴が、含む男の指を奥処へ呑み込もうとしていく。

「っ、く……達《い》った、か」

激しい反応にディートバルトが漏らす。

うねる濡れ襞が男の指をしごく中で、マリアは、これが達くということかと、遠いどこかで理解する。

全身をぴんと張り詰めさせ、腹奥から迫り上がる衝動に貫かれながら、マリアは必死にもがき喘ぐ。

怖い。頭の中が真っ白になり、世界が光で灼《や》かれて消える。

あまりにも強烈すぎる絶頂に、自分を失ってしまいそうだ。

心許なさが極限まで膨らみ、不安に顔を歪めた時、逞しい腕がマリアを抱き寄せた。

「マリア……！」

ありったけの愛おしさを込めて名を呼ばれ、不安や寂しさが打ち消される。

「ディーッ、んッ、ト……は、あ」

感じているのか、惚れた男の名を呼んでるのか自分でもわからない。

ただ遮二無二抱きつき、顔といわず身体と言わず、男の肌にすり寄せた。

「たまらないな。たまらなく愛おしい。……こんなに敏感に極めてしまうなどと」

陶酔の響きを帯びた声を漏らし、ディートバルトは、両手でマリアをもみくちゃに撫で回す。

達したばかりの身体は敏感で、そうされるだけでもびくびくと震えてしまう。

「可愛い。このまま、永遠に可愛がり続けたくてたまらない。……が」

抱擁の力を緩め、マリアと視線を合わせながら、ディートバルトが雄の色香に満ちた笑みを見せつける。

「俺の方が限界だ。……早く、お前と繋がりたい」

激しい情動に目をぎらつかせながら、ディートバルトはズボンの前をくつろげた。

布を押し上げてなお勢いを失わない屹立《きつりつ》を見て、マリアは眼を大きくする。

初めて見るものの質量に度肝を抜かれ、次に、放たれる熱と独特な造形に気を奪われた。

腹筋を打つほど反り返ったそれは、指などよりもっと大きく、狂暴な形をしている。

暗闇のこと故、細かい造形はわからないが、それでも、立派に張り出した尖端と、ぐうっと伸びる竿《さお》の影から、立派なものなのだろうと知れる。

ゴクリと喉を鳴らし、それとディートバルトの顔を交互に見つめれば、焦れたようにして押し倒され、臍の部分に尖端があてがわれる。

「マリア……、お前が、欲しい」

両手の指を絡めながら、ディートバルトが切ない声で懇願する。

腹の中央にある小さな穴を、ぐりっとくじられると、重怠《だる》い疼きが身の内に生じた。

同時に、蜜口を飾る陰唇がヒクつき、立てた膝が興奮に震えだす。

あの熱く巨大なものを受け入れられるのか。この契りが許されるものなのか。

考えようとして、やめた。

頭でいろいろと考えたところで、身体も心も、とっくにディートバルトを欲しがっている。

だからマリアは飾らず、ごく素直に気持ちを口にする。

「私も、ディートバルト様が、欲しい」

意志を示した途端、震えるほどの多幸感に満たされた。

花が開くようにして口元がほころび、歓喜がマリアの顔を輝かす。

尊いものを見る眼差しでマリアを見つめ、ディートバルトが静かに告げる。

「挿《い》れるぞ」

黙ってうなずき、彼の首に両手をもたせかける。

下腹部へ滑らかに擦り付けられていた剛直がふと離れ、次の瞬間、秘裂へと当てられた。

蜜を纏わせるように、陰唇の上を二三度往復した後、ディートバルトは腰の角度を変えた。

ちゅくりと、密かな濡れ音を纏い、侵入が開始されていく。

灼けつく熱と初めての緊張に、マリアは息を詰める。

それはディートバルトも同じで、極限まで息を凝らしつつ、じわりじわりと尖端を蜜筒へ沈めていく。

濡れそぼった泥濘《ぬかるみ》が、ゆっくりと拡《ひろ》がっていくのを感じた。

熱杭が淫唇を突き破る予兆を察し、マリアは顎を引き、痛みに備える。

淫らな花弁が限界まで引き伸ばされ、ぴくぴくと痙攣しながら亀頭を咥《くわ》えた時だった。

男の喉が小さく跳ね、次いで、笠《かさ》のある先端がすっぽりと自分の内側へと滑り込んだ。

中で震える蜜襞を荒っぽく擦りたてながら、肉棒が膣奥へと埋め込まれる。

鈍く、重量のある衝撃が臍の奥に響き、背を仰《の》け反《ぞ》らせたのと、鋭く打ち据えるような痛みが身を貫いたのは同時だった。

「痛っぁ……ああ、あ、あ！」

ディートバルトの首に回していた手に力が籠もる。

弓なりとなった背骨が限界を訴え、みしみし軋《きし》む。

反《そ》った喉はぴんと張り詰め、手足が激しく痙攣していた。

自分の内側から生じる痛みに、情けないほどぽろぽろと涙がこぼしながらも、マリアはどうすることもできない。

「マリア！　まさか、お前…………！」

異変に気づいたディートバルトが身を離そうとする。

マリアはとっさに彼の背中にすがりついた。

「ッ、……マリ、ア」

無我夢中で立てた爪が、肌にめり込み傷つけたのだろう。

わずかに顔を歪めながら、ディートバルトが呻く。

「や、だ……やだ……。離れ、ないで……。おいて、いかないで。もう、一人に、しない、で」

誰に向かって、なにを訴えているのか。マリア本人でさえわからない。

ただ、今、ディートバルトから労《いたわ》られたり、身を離されたりするのはたまらないと思った。

痛みよりなにより、寂しいことの方が、ずっと辛いと——幼い頃の自分が泣いている。

「大丈夫だ。一人になどしない。……少し驚いただけだ。マリア。マリア」

震えるマリアを腕に抱きしめ、一人ではないと伝えるように、ディートバルトが繰り返し名を呼んでくれる。

それで安堵し身体から強ばりが抜けたのか、身を裂くような辛さは、熱を帯びた疼きに変化し始めていた。

はーっ、はーっと、全身を使い浅く息を継ぐ中、ディートバルトはマリアの両頬を手で包み込んでから、眼を閉じた。

「初めて、だったんだな」

厳粛な声に、マリアは静かに首肯する。

「前の、夫との結婚は……」

語りかける声が遠い。

心も身体も限界で、難しいことは、もうなにも考えたくなかった。

ただ、自分を穿つ男だけがすべてで、すべてはこの男を知り、愛することだと本能でわかる。

気が遠くなるにつれ破瓜《はか》の痛みは薄らぎ、変わりに、身を焦がすような切なさばかりが胸を占める。

——わからない。なにもかも。だけど、貴方が好きなことだけはわかる。

つぶやいたのか、思ったのかわからない。

焦《じ》れったさに腰を揺すると、心配げな顔でマリアを見ていたディートバルトが、鋭く息を詰め、労った。

「大丈夫か。辛いなら、もう……やめておくが」

一度起こした身体を倒し、マリアの額や頬を撫でながら問う。

「辛くても、いい。……やめないで」

訴え、ディートバルトを引き寄せ、その肩口に顔を埋める。

それでも動いてくれなくて、マリアは、大丈夫だと。痛くてもかまわないと告げるように、ディートバルトの肌に唇を当てて吸う。

笑えるほど拙い愛撫だが、それでも、ディートバルトには充分効果的だった。

彼は、ぎりっと奥歯を噛みしめ、きつく瞑目した後、許せと吐き捨て腰を使う。

隘路をみっしりと塞ぐようにして肉棒を沈め、尖端が奥にある子宮口に触れた瞬間、ぐい、と腰を使い、すべてをねじ込む。

かと思えば、中を満たす肉襞を捏ねるようにぐるりと回す。

内側を刺激されるごとに、なんとも言えない充足感がマリアの中で高まり、心も身体も蕩かした。

「は……、あ……、ぁぁ……ッ、あ」

口から漏れる声が、だんだんと淫靡に爛《ただ》れていく。

時間をかけて、ゆっくりと出し入れを繰り返していディートバルトは、マリアが苦痛の色を見せぬと理解した途端、穿つ動きを激しくした。

内臓が押し上げられるかと思うほど深く含まされ、抜け落ちるギリギリまで引かれる。

穿ち含めば充足感と幸せを、素早く引かれれば虚脱感と切なさを。

相反する感覚を交互に、間断なく味わわされるに従って、女体が変化していくのがわかる。

蜜洞が狭まり内部がうねると、含む男の熱や硬さ、形までも露骨にわかり、マリアは、喜びたいような、恥ずかしいような、変な気分にさせられた。

やがて、吐精を促す女体の動きに煽られ、ディートバルトも余裕や抑制を失いだす。

咥えるものを求めて収縮する蜜筒を、男の欲望が縦横無尽に蹂躙しだす。

まるで貪り尽くす獣のようだ。

全身を使い、息を荒らし、穿つごとに筋肉を逞しく隆起させながら、マリアを快楽に追い詰めていく。

「あ……ぁああ！　あああああっ！」

迫り上がる快感に淫蕩《いんとう》な叫びを放ち、マリアは精一杯に感じ、達し、ディートバルトを受け入れ、彼の腕の中で揺さぶられ続ける。

意識が快楽で塗りつぶされていく中、マリアはただ、ひたむきに、惚れた男にしがみつき、身を重ねることだけに心を遣う。

好き。大好き。この先になにが待ち受けようと、貴方が欲しい。

マリアが伝えようとする気持ちを解し、答えるように、ディートバルトは抽挿をより早く、深く変化させる。

「マリア。……マリア」

名を呼ぶごとにがつがつと子宮口を穿ち、突き上げ、極めさせながら、ディートバルトはマリアを求め続ける。

行為はさらに激しさを増し、肌と肌が合わさる打擲《ちょうちゃく》音が、すさまじい速さで連なり響く。

絶頂の階を駆け上り続け朦朧《もうろう》としだしたマリアが、最後の力でぎゅっと、ディートバルトに抱きついた時だった。

「クッ……！」

呻いたディートバルトがマリアの腰を鷲掴みにして、己を限界までねじ込んだ。

余裕もなにもない、本能のままに雌を喰らう雄の動きに翻弄される。

快楽に堕ちてきた子宮口を、尖端でこじ開けるようにして突き上げられたマリアは、全身で愛する男を抱擁した。

肉襞が充溢《じゅういつ》しながらディートバルトの竿を締め付け、子宮の入り口がねっとりと肉楔の先を舐める。

限界を訴える太腿が細かく震え、結合部の隙間から呆れるほど多くの蜜が滴り、秘部どころか臀部《でんぶ》にまで垂れだしていた。

これ以上ないほど完璧に重なり、自分と相手の境目さえ消えた時。

色艶に満ちた呻きとともに、ディートバルトが滾《たぎ》る白濁をマリアの奥処《おく》へと注ぎ込んだ。

第五章　恋人たちの蜜月と仮面舞踏会の知らせ

前日の宴が夜更けまで盛り上がろうと、ヴェネト総督ニコロ・ロレダンが朝食を摂《と》る時間に変更はない。

朝の光が差し込むより早く起床し、水風呂を使い、空が群青《ぐんじょう》から藍色へ変化する頃には、総督公邸三階にあるテラスに用意された食卓へ着く。

朝食として用意されているのは、孔雀《くじゃく》の羽を飾った去勢鶏《きよせいどり》や仔牛《こうし》の塊肉などではなく、無花果《いちじく》やオレンジ、葡萄といったありふれた果物に、雑穀の入った黒パンの薄切りにチーズと、そこいらの商家と変わらない。

暑気払いとして、桃と梨で作った冷製スープがあるのが唯一の贅沢だ。

(贅沢なのは、むしろこの景色か)

昨晩、マリアが夢中となって見入っていた、聖マルコ総督府前広場を眺めつつ、ディートバルトは眼を細める。

歌劇の舞台であった帆船は、とうに港から移動しており、辺りはがらんと開けている。

それだけに夜明け前の広場は、幻想的でとても美しかった。

広場に面する総督府の白壁や大理石の彫像が、朝焼けの空の色を——紫紺を帯びていた。

藍から蒼、あるいは紫と、広場が青系統の色で染まる様子は荘厳で、眼と鼻の先にある、黒くうねる海を背景とした絵画のようだ。

総督と、彼に招待された者だけしか見ることができないこの景色は、なににも代え難い、ご馳走《ちそう》だろう。

実際、このテラスから広場を眺めていると、自分こそが、このヴェネトの統治者になった気がしてしまう。

(実際の統治者は、義兄だというのに)

ふと笑いながら振り返ると、ちょうど、その義兄——ヴェネト総督ニコロ・ロレダンと、その妻であり、ディートバルトの実姉アデーレが姿を現した。

「おや。今日は姿を現さないと思っていたのだが。……どうやら、我が義弟は、意中の娘に振られたようだ。奥方よ」

大げさに眉を上げ、粋に整えた顎髭《あごひげ》を弄りながら、ロレダンがからかう。

「まあ。……いきなり、総督府で一等いい客室を空けろだなんて、偉そうにわたくしに命令しておきながら、情けないこと」

夫の発言を受け、姉のアデーレが容赦なくディートバルトを扱《こ》き下《お》ろす。

「帝位どころか、意中の娘一人落とせないとは。いつから腑抜《ふぬ》けになったものかしら」

澄まし顔の侍従たちに給仕されつつ、それぞれが食卓に着く。

「娘はまだ客室で休ませている」

ディートバルトがうんざりしながら手を振ると、アデーレはナイフを果物に入れるのもそこそこに、まあっと声を上げて顔をしかめる。

「恋人になったばかりの娘に、独り寝をさせているのですか？　どうしてそう冷たいの。女心を解さない犬など弟ではありません。とっととお帰り」

皇帝候補かつ選帝侯のディートバルトを、こう悪《あ》し様《ざま》に言える女はアデーレしかいない。

母親代わりとして、下に続く妹弟の面倒を見てきた長姉にかなう者など、バーデン選帝侯家にはいないのだ。

「ロレダン先生、貴方の奥方は口が過ぎる」

朝食に手を付けず、喉を湿らせる檸檬水だけを貫い、総督のロレダンを睨む。

すると彼は、くくっと笑い、妻と義弟のやり取りに頭を振った。

四十八歳になるロレダンは、総督となる前の青年期を、ヴェネト特使兼家庭教師として、バーデン選帝侯家で過ごしていた。

ディートバルトにとって、政治学および経済学の師匠という訳だ。

だから、こうした貴族らしからぬ会話も、馴染みのものである。

ロレダンは控える侍従たちに下がるよう合図をしてから、食事の手を止めた。

「それで？　なんの相談だろうか。ラウエンブルグ選帝候の娘についてかな？　それとも、独り寝させている恋人のことかな？」

面白がるそぶりで身を乗り出しているが、目に宿る光は鋭い。

恋路においてはともかく、バーゼル帝国で進行中の帝位継承争いにおいて、ロレダンはディートバルトの協力者だった。

なんといってもロレダンは、海運通商国家たるヴェネトの統治者だ。

輸送や商売で国を栄えさせるには、他国の君主と友好的であればあるほど都合がよい。

ディートバルトの対抗馬として皇帝候補に挙がっているのが、ヴェネトとあまり仲がよろしくない、ロアンヌ王国の第二王子フィリップであるなら尚更だ。

駄目押しに、ロアンヌのフィリップは好戦的かつ英雄趣味で、帝国を足がかりにして、北方や東方諸国を侵略しようと野望を抱いてる。

外交と通商で国を成り立たせているヴェネトにとって、戦争は損失。

避けるためなら、当然、反対側の――もう一人の皇帝候補である、ディートバルトに加勢するに決まっている。

「なにか、考えていることがありそうだが」

「対立勢力側の動きがなさすぎる」

ラウエンブルグ選帝候の一票で、次の皇帝が決まる。

そんな状況の今、ディートバルトが、行方知れずとなっているラウエンブルグ選帝候の娘を見つければ、間違いなく決定打になる。

なのに、さしたる妨害が見られないのだ。

裏道ばかりを利用した、バーゼル帝国からヴェネトまでの旅路はともかく、このヴェネトでも、対立候補であるロアンヌ王子フィリップの邪魔が入らない。

監視はされているのか、出歩いている時やゴンドラを出す時に視線を感じるが、それだけだ。

最初こそ、ディートバルトの近辺はもちろん、仮住まいの屋敷に出入りする者すべてに、手当たり次第調査を掛けている節があったが、ある時点からぱったりと干渉がなくなった。

（まるで、俺の手並みを見物してやろう、とでも言うように）

気に食わない。

周囲が呆れるぐらい、フィリップは、己の権力や武力を示威《じい》するのが好きな男だ。

もっと露骨にディートバルトをつけ回したり、乳母との接触を妨害しようと、保有するゴンドラに穴を開けたりしそうなものを、なにもない。

（妨害したところで、肝心の乳母は亡くなっていた上、娘の容貌すらわからなかったが）

かろうじて、過去の出来事に裏付けがとれただけ。ならばこちらから仕掛けようと、昨晩の仮面舞踏会でも、あえて目立つ服装をして煽ってみたが、無駄だった。

「乳母が遺《のこ》した話が本当なら、それも当然の反応とは思えないかね？」

ロレダンが涼しい顔で指摘するのに、顔をしかめる。

冥婚という風習により、ラウエンブルグ選帝侯の娘が、偶然でポモーゼ王妃とされた説については、先だって二人に話し終えている。

「相手がポモーゼ王妃という確証を握った。だから放置と考えるのが妥当だが」

「王妃を無理に奪おうとすれば、国際問題になりかねない事項だからな」

たとえ父娘でも、どんな事情だろうとも、他国の王に嫁いだ娘と会うのは難しい。

手順を踏むなら、ポモーゼ王国と交渉となるだろうが、十三年前に、当事者であるラウエンブルグ選帝侯ができなかったことを、今になって成し遂げられるかというと謎だ。

まともな外交交渉を挟んだとして、早くて数ヶ月。普通ならば一年。

そうしても、衆人環視の中、儀礼ばった再会しか用意できない。

（それでは、ラウエンブルグ侯は納得しないだろう。〝娘を戻した〟とは言えないからな）

だが、さほど時間がない。

皇帝を決める最終選帝議会は、二ヶ月後に迫っているのだ。

ならばと強引に拉致すれば、人妻、しかも他国の王妃を攫ったと非難され、皇帝の座どころか、選帝侯としての地位も家督も危うくなる。

「難儀な話だ。……手の打ちようがまるで思いつかない」

ロレダンが、ううむとうなり顎髭を撫でた。

七人いる選帝候は三対三に分かれて対立している。

最後の一票を握るラウエンブルグ選帝候が、どちらの陣営に着くかが鍵になる。

そしてラウエンブルグ選帝候は、自身の支持が欲しくば、十三年前に失った娘を取り戻してこいと、二人の皇帝候補に言い放った。

この難題に関して、対立候補であるロアンヌ王子派は消極的だった。

というのも、王子フィリップは、選帝候会議で自分を支持してもらおうと、プファルツ西選帝候の娘と結婚したからだ。

四人も皇妃が娶れた昔ならいざ知らず、皇帝の妻は一人のみと定められた現在、二人の選帝候息女を並べ、同時に皇帝の妻――皇后に迎えることはできない。

翻って、ディートバルトは独身な上、己の選帝候領がラウエンブルグ選帝候領に接しているという、政治的にも軍事的にも手を組むには最良の条件。

故に、ディートバルトの捜索を、積極的に邪魔するしか方法はない――筈なのだが。

(旅に出る前までは、早く娘を保護しなければ、フィリップにより消されると考えたが……)

なるほど。

娘が他国で王妃となっている証拠を掴んだのであれば、下手に手出しせず、ディートバルトが無駄な時間を費やすのを見守る方が、ロアンヌ王子にとって安全かつ効果的だ。

「歯がゆいな」

「蛇の道は蛇。……王家の隠し事を探るのに、王ほど有利な者はいない。選帝侯や総督より、教皇庁との付き合いが長いだろうしね」

ロレダンの指摘に肩をそびやかす。

教皇庁は、神の名の下に王や皇帝の戴冠式を執り行い、同時に、神の名の下に結婚を執り行う。

建前として守秘の義務はあるが、新しい大聖堂を一つ建てて寄進するとでも約束すれば、冬場の氷上より簡単に、口を滑らせるだろう。

姉のアデーレが、いらだちもあらわに、フォークをオレンジに突き刺す。

「ラウエンブルグ選帝侯は、娘が王妃にされたと知った上で、両陣営に探させるよう、依頼したのでしょうね」

「恐らくな」

厭世的《えんせいてき》かつ、他の選帝侯や皇帝に不信感を持つラウエンブルグ選帝侯だ。

二人の皇帝候補者が徒労を重ねる様を眺め、酒の肴《さかな》にでもしていたのだろう。

そして両者が失敗した後に、「どちらも失敗したのだから、どちらも支持しない」とほざき、無関係を決め込む腹に違いない。

「民も貴族も、だらだらと続く選帝会議にいらだち始めている。あまり長引かせたくない」

ディートバルトは顔をしかめつつ、今後を憂う。

現在の皇帝は高齢で、もう先が長くない。

次の皇帝候補が未定のまま現皇帝が亡くなれば、予算の決済などが停滞し、統治のすべてに遅れが生じる。

早く、次代の皇帝への道筋を付けなければならない。

「さて。どうするかね」

見切りを付け、次の手を——どうやって、ラウエンブルグ選帝侯を説得するか、計画はあるのか。とロレダンが微笑みつつ、手厳しい目を向ける。

「……ポモーゼ王が、王妃と離婚し、寵姫と再婚したがっていると聞いてはいるが」

ここ最近になって、社交界で聞くようになった噂だ。

もちろん、総督であるロレダンのことだ。噂ではすませず、確たる筋の裏付けを取ったからこその話題だろう。

「それは本当だ」

ポモーゼの教会で見た金髪碧眼の女を思い出す。

(確か、イヴァンカという名だったか。……国王となるヨハンの側に付き従っていたので、あれが悪妻と噂されている王妃かと思ったが)

乳母の遺族から、ラウエンブルグ選帝侯息女マリアが、ポモーゼ王妃として召された事情を聞いたディートバルトは、すぐ、現地で活動する密偵と連絡を取った。

そして報告を受ける。

金髪碧眼の娘は王妃ではない。王となったヨハンが入れあげている、ただの伯爵令嬢。

本来の王妃は、王宮に暮らしてない。

夫であるヨハンが共にいるところとなると尚更、誰も見たことがないというのだ。

結婚の事実は、古い書庫にある教会録にのみ記されているが、出身については、バーゼル帝国貴族の娘とのみ書かれていたらしい。

「離婚話が本当だとして、手続きは進まないだろうな。絶対に、誰かの意図が働く」

対立する皇帝候補であるフィリップにとって、ラウエンブルグ選帝侯の娘が王妃である限り、ディートバルトに出し抜かれることがないからだ。

（しかし）

そもそも、ポモーゼ王妃マリアとは何者か。

容姿に関する情報はなく、王宮で彼女を見た者がいないなど、尋常ではない。

扱いづらい存在として、殺された可能性もあるが、ならば今度は、ポモーゼ王ヨハンが離婚だと騒ぎたて、教皇庁に許可状を願っていることと、つじつまが合わなくなってしまう。

もし王妃が死んでいたなら、離婚を願う意味がない。

たとえ殺したにしても、病死と世間に取り繕えばいい話だ。

（ラウエンブルグ選帝侯息女マリアは生きており、ポモーゼ王妃マリアと、同一人物だと仮定できる。……だとしたら）

椅子の上で深呼吸をしつつ目を閉じる。

すると、意識するより早く、まぶたの裏に一人の乙女の姿が浮かぶ。

――マリアだ。

選帝侯の娘でもない、王妃でもない。ただのマリアとして出会った乙女。

好きな女ができたと夫から離縁され、戻る実家もなく、新たな居場所を探そうと、世界を巡っていたマリアは、今や、ディートバルトにとってかけがえのない存在となっていた。

世間知らずで、目を幼子のように輝かせながら笑い、かと思えば、ぎょっとするほど鋭く、知性的な会話で切り返す。

掴《つか》み所のなさに戸惑い、演技かと探るうち本気になり、いつしか目が離せなくなっていた。

事の始まりから興味を抱いて接してきた相手だ。のめり込むのも一瞬だった。

周りへの配慮を念頭に置き、侍女どころか、庭師にも気さくに接し笑いかける。

不機嫌な顔で誰かを操ろうとしたり、媚びたりしなくても、誰もが自然に世話をしたくなる純粋さと、生きることを上げれば、きりがない。

気に入ったところを上げれば、きりがない。

一生、側にいてほしい。

これほど惹かれる娘など、三十年生きて来て初めてだ。

——だが、叶わぬ夢だと思っていた。

ディートバルトは、どうしても皇帝になる必要がある。

そして、皇后として迎える妻に、ただの娘は望まれない。

民や貴族たちから望まれないとわかっていて、マリアを皇后に据えれば、彼女にとてつもない苦労と負担を掛ける。

側に居てほしいという気持ちだけで、それを強いるのは正しいことか。

悩み、考え、迷っていた。

——昨晩、マリアを抱くまでは。


少し前から、マリアが、刹那だけ悲しげな顔を見せることに気づいていた。

どんなに楽しそうでも、嬉しそうにディートバルトに微笑みかけていても、視線が離れる一瞬だけ、悲しそうな顔をする。

自分と過ごすことに、後ろめたさがあるのか。

それは前夫への義理か。自分を捨てた男に、まだ気持ちがあるのか。

内心嫉妬に焦れながら、もっと歓びと幸せに溺れさせれば、それで彼女の心の傷を癒やせれば、自分を意識し、将来を考えてくれるのではと期待する。

そうして日々、溺愛の程を強めるも、やはり、マリアから悲しげな表情が消えない。

心の大半をディートバルトへ委ねる彼女の中に、自分の立ち入れない場所がある。

そのことが苦しすぎて、恋に悶え飢えるあまり、ディートバルトは初めて弱音を吐いた。

——好きな女から、距離を置かれるのは辛い。

なにせマリアは、指輪一つ受け取ろうとしなかったのだ。

男が女に指輪を贈るのは、特別な意味があることだ。結婚経験があるなら知らぬ訳もない。

なのに彼女は、女なら夢に見るだろう極上の指輪たちを前にして、〝理由は言えないが、指輪はいらない〟と繰り返すばかり。

遠慮かと思ったのも最初だけ。

あまりに頑《かたく》なに拒む様子から、前夫への未練か、義理立てかと、ディートバルトも変に意固地になって——結果、彼女をしょげさせた。

そんなこともあって、歌劇が終わる頃には、随分、気持ちが乱れていた。

マリアが欲しい。マリアが好きだと伝えたい。

だけど彼女の心には別の男がいて、自分はそこに入り込めない。

（無理に告白しても、気に病ませるだけ。下手したら避けられると我慢していたのに）

また寂しそうな顔をされて、言ってしまった。

好きな女から、距離を置かれるのは辛いのだと。

弱音じみた告白を、冗談だと打ち消そうとした時だ。

女騎士のように毅然と顔を上げ、マリアはディートバルトに思いを吐露した。

好きだ。けれど、旅が終われば側にいる理由が失われる。それが寂しくて悲しいのだと。

男女の距離をどう詰めるか、どういう言葉で口説くかと、余計な知識で策を弄し、いかに自分を取り繕って好きにさせようかと、小手先の技を仕組むディートバルトをものともせず、身一つで、素直かつ誠実に飛び込み、告白してきた。

――貴方が好きだ、と。

惚れた女にそうされて、降参しない男がどこにいるだろう。

世間体や立場をことごとく粉砕し、痛快なほどに心を打ち抜いた告白に、ディートバルトは死ぬほどときめいた。

年上の余裕も忘れ、初恋が実った少年のようにマリアを抱きはしゃぎ、戯れた。

もう、手放すなんて考えられなかった。

選帝候という地位より、帝冠より、なによりもマリアが欲しい。

言葉や態度だけでなく、身体や魂までもを使い、それを伝えてしまいたい。

欲求に押されてマリアに触れ、自身をマリアに触れさせる。

惹かれあうもの同士で、触れ合う幸せに浸る。

マリアの手つきに慣れなさはあったが、拒絶はなかった。

一生懸命に、ディートバルトに添おうとする、マリアの拙い仕草にいちいち煽られ、漏れる甘い声を聞くごとに、腰に官能の疼きが走った。

羞恥に震え戸惑う様子は、それだけ経験がないとも取れて、猛《たけ》る気持ちで理性が上ずる。

だから、マリアが初めてだと伝えて来た時、ディートバルトは誤解した。

こういうこと――結婚していない相手と身を重ねる、不実な逢《あ》い引《び》きは初めてだと。

一夜限りの過ちや、割り切った関係を危ぶんだのかと、そのいじらしさに苦笑し、反発する勢いで抱く手を強めた。

今日も明日も、明後日も――死ぬまで絶対に離さない。

(自分に溺れ、一生離れられなくなってしまえばいい。そう考え、マリアに愛撫の限りを尽くした)

背徳感や倫理など捨て去り、ただの女として自分のものになれ。

結婚した過去など忘れて、自分の伴侶になればいい。世界が敵に回ろうが知ったことか。

呪詛《じゅそ》のように念じながら、マリアを抱く。

やがて、淫らに甘く蕩けていく肢体にのめり込み、この女の胎に埋まりたい欲求に理性を圧し潰され、ディートバルトの余裕は失われていった。

たっぷりと手間をかけて狭い蜜穴を解し、待ちかねた瞬間をより長く味わおうと、ことさら慎重に腰を進めた時、マリアが悲痛な声を上げた。

（彼女は、生娘《きむすめ》だった）

思い出すだけで、ぞくりと腰が疼く。

前夫との結婚は、性の交わりがない形式的なもの。いわゆる白い結婚だったのだ。

政略結婚のみならず、夫婦の交わりもないとなれば、マリアの結婚は成立自体が疑わしい。

どうかしたら、人質じみた扱いを受けていた可能性もある。

一度、腹を割って話さねばならない。

考えつつ、抱き潰したマリアの汗を拭っていて気づく。

――彼女の細い足首に、見慣れない装飾品がある。

自分以外の男が贈った物ではないだろうなと、変な妬心を煽られ、起こさぬよう、慎重な手つきでマリアの脚を持ち上げ――ディートバルトは息を詰める。

自分が、ラウエンブルグ選帝侯家の乳母の遺族から貰い受けた飾り鈴と同じ物。

それが三つ、金鎖に繋がれ、マリアの足首を飾っていた。

菩提樹の花を模した飾り鈴は、四代前の皇帝が、ひ孫の誕生を祝い作らせた物だという。

元は五つあったが、二つは娘が攫われた時に千切れ、残りの三つは、娘とともに行方知れずなのだと。

途端に、ディートバルトは察してしまう。

――自分が、一体、〝どの〟マリアを抱いたのかを。


「ディートバルト？　なにをぼんやりしているのです」

姉の声で現実に引き戻されたディートバルトは、息を呑み身を強ばらす。

「ポモーゼ王妃をどうやって探しだし、接触を持つか。……その結果で、貴方が皇帝になれるかどうか決まるのに、上の空とはあまりに……」

ディートバルトは、姉の小うるさい説教を、手を振って留めさせ、覚悟を決める。

「ポモーゼ王妃を、いや、ラウエンブルグ選帝侯の娘を探す気はない」

「それは、白旗を掲げ、皇帝となることを諦めるという意味かな？」

密談を間に挟みつつ、朝食を摂っていたロレダンが眉をひそめる。

「帝位をロアンヌの王子に譲るつもりはない。今までの苦労が泡になる」

皇帝という地位にさほど興味はないが、母国が戦争の道具になるのは御免だ。

「皇帝の地位を諦める気はない。だが選帝侯の娘については、これ以上、探査しない」

「まさか、昨晩連れていた娘と結婚を望むなど、世迷《よま》い言《ごと》を口にするのではないでしょうね？」

偶然知り合った旅行者の娘を妻に偽装して、ヴェネトに滞在することは、旅の始まりにアデーレへ伝えていた。

紹介する予定もなかったので、名までは知らせてないが、身元を保証するために、マリアと知り合う切っ掛けとなった出来事や、彼女の旅の目的についても話していた。

手紙でさらりと流したつもりだが、姉は、文の筆致だけで相手が恋人だと察したらしく、滞在中にも、あれこれと気を利かせていた。

舞踏会のために、総督夫人御用達《ごようたし》の仕立屋を向かわせたり、歌劇の特等席にあたる部屋を使わせたりと、恋愛を楽しむに相応しい舞台を用意してくれたのだ。

「冗談でしょう？　……それはその、割り切った関係なら構いませんよ？　皇帝ともなれば、貴方も、こうして羽目を外すことはできないでしょう？　自由に恋愛を楽しむ機会としては、この旅が最後。ならば、一番美しい思い出をと、気を利かせたまでで……」

貿易都市として、さまざまな国や風習が混じるヴェネトでは、他国より風紀が緩い。

仮面舞踏会や高級娼婦《しょうふ》街など、一夜限りの火遊びを楽しみとする観光客も多く、駆け落ちする恋人たちや、遊び好きの男女が目指す都としても知られている。

他国では、社交界追放となるような醜聞でも、ここでは誰も気にしない。

弟が女連れで隠れ家を使っていると知ったアデーレが、二人の関係を割り切ったものと誤解し、人捜しついでに、最後の恋の思い出作りと早合点したのも咎《とが》められない。

「いけませんよ。……為政者たろうとする貴方が、身元も知れない、しかも人妻であった女性と結婚だなんて」

残酷で身勝手なようだが、貴族社会に身を置く者としては、当然の反応だ。

君主の嗣子《しし》は、なによりも血筋の正しさが求められる。

それは、選帝候制度のあるバーゼル帝国でも同じだ。

原則かつ伝統的に、皇帝の長子が、次代の最有力皇帝候補――皇太子となるのだから。

選帝候であるディートバルトと、ロアンヌの第二王子であるフィリップが、帝位を競う今回の方が、歴史的には例外なのだ。

皇帝の息子以外で帝位継承したのは、百年ほど前の皇帝、ヴェンツェルが最後だ。

そのヴェンツェルから今まで、ずっと、皇子たちによる長子相続が続いていたのだから。

これほど長く、選帝候らの間で、帝位を巡る騒ぎが続いた後だ。

ディートバルトが皇帝となった場合、当然のように、世継ぎの皇太子を望まれるだろう。

結婚歴のある女性など、身分が高くても、お呼びでない。

――しかし。

「元人妻でありながら、マリアは処女だった。つまり……白い結婚ということだ」

口にした途端、義兄のロレダンが眉を浮かす。

「マリア？　昨日、君が連れていた乙女は、マリアという名前なのか」

「マリア・リンデンブルグと名乗っている。身分証明書上では平民と。……夫から離縁され、貴族籍を抜いたため、爵位称号がないのだとか」

「ありえないわ！」

いらだちを紛らすために、籠の葡萄を千切っていたアデーレが、悲鳴じみた声で指摘する。

「結婚関係を解消されても、女性の貴族称号はそのまま残るもの」

そう。正式称号——公文書に伯爵夫人と記載されなくなっても、儀礼称号として身分証明書に付記される。

離婚はともかく、戦争で夫と死別した途端に平民扱いされるとなれば、貴族に嫁いだ娘は、一体どれほど路頭に迷っていることか。

貴族とはなにも、社交界に出入りするだけが特権ではない。

階級に応じて、王から年金が下賜《かし》されるのだ。

死別にしろ離婚にしろ、夫を失った女は、儀礼称号と、夫が貰っていた年金の何割かを、慰謝料や養育費として受け取るのが一般的だ。

「姉上の指摘はもっともだが、称号の記載はどこにもなかった。ついでに言うと、偽造された物でもない。ポモーゼ王の署名と印璽《いんじ》があったからな。……ポモーゼ特有の書式かと思い、すぐ調べさせたが、そんなことはなかった」

もっと早く、結果がわかっていればと思う。

王が手ずから示した身分証明書など、貴族でもよほど高位か、特別な責務を担うものしか手にしえない。

　だからディートバルトは、マリアが証明書を見せた時に、副官のヴァルターにもわざわざ見せつけたのだ。これを調べろと。

（存外、時間が掛かりすぎたのが、痛いが）

　今朝、密偵から知らされた内容に苦虫を潰していると、ロレダンが興味深そうな様子で身を乗り出した。

「王の署名と印璽とは。まるで全権外交特使のようではないか」

「そうだな。平民の娘が手にするには、いささか扱いが上等すぎる」

　最初に見た時、おかしな証明書だとは思った。だが、ないとは言い難い。

「なるほど。称号が記されず平民となっていたのは、籍を抜かれたからではなく、称号を書けなかったと見るべきかね？」

　一国の統治者だけあって、ロレダンは理解も切り返しも早い。

　ディートバルトが示した手がかりだけで、あっさりと正解へ行き着くのだから。

　社交界の儀礼を知らぬマリアは、称号がないのは離婚したからと、なんの疑いもなく思っていたようだが、実際は違う。

　離婚後のマリアの身分証明書に儀礼称号を記すのは、夫――ポモーゼ王ヨハンにとって、都合が悪いからだ。そう。

「さすがに〝元王妃〟とは記載できないだろうな」

マリアに関する違和感を繋げば、星座のように全体が見えてくる。

十八歳にして離婚されていることに加え、先日まで軟禁されていたかのような世間知らずぶり。

そのくせ、一般的な女性が学ぶべくもない、政治経済から始まる高度な――いっ、王妃となってもいいような、統治者向けの学術知識。

服の好みや舞踏の所作などは古めかしいが、それも、軟禁された場所でマリアを師事した者が、年かさの教師だったと考えれば、不自然ではない。

実家についても、〝誰も居ない〟ではなく〝縁がない〟と語っており、不思議な言い方をすると思っていた。

だが、マリアが攫われたのは五歳の頃だ。

親の爵位や居住地を知らぬまま、十三年も音信不通であれば、そういうしかないだろう。

出会いの切っ掛けになった土着病に関しても、幼い頃に住んでいたバーゼル帝国で、感染予防の種痘を受けたと考えれば筋が通る。

説明すれば、ロレダンは元より、最初は反対していたアデーレまでもが興味を示す。

「君が連れているマリアという娘が、ポモーゼ王妃かつ、ラウエンブルグ選帝侯の娘だとして、どうして、ふらふらと旅をしていたのか。……罠ということはないのかね？」

ディートバルトに偽者を掴ませ、その隙に、なんらかの陰謀を仕組む可能性はある。だが。

「恐らく、違うだろう。……ラウエンブルグ選帝候が、娘を探し出した者を支持すると宣言したのは先月だ。付け焼き刃で見つけた娘を、偽の王妃として仕込むには時間が足りない」

市民や下級貴族ならともかく、皇帝になろうとするディートバルトが相手だ。

礼儀や知識を備え、ボロを出させないようにするのは、至難の業となる。

第一、ディートバルトを欺《だま》すつもりであれば、自らの生い立ちや事情を誤魔化すどころか、思わせぶりに匂わせ、それらしさを演じたことだろう。

けれどマリアはしなかった。それこそが、本物の証明だ。

「俺が推理するに、マリアも、彼女の元夫であるヨハンも、離婚は成立したと思い込んでいるのではないだろうか」

二人に肉体関係がなかったことは元より、結婚した事情も事情だ。

年頃となり、惚れた女に急かされ結婚をと考え、そこで妻の存在に気づいたヨハンが、泡を喰って、教皇庁に離婚を申し立てた。

「恐らくは、離婚手続きの最中に、マリアの存在が敵側へ……ロアンヌ王子を皇帝と推す陣営に、知られたのだろう」

「なるほど。ポモーゼ王国側は、書類を送った時点で離婚が成立したと考え、マリアを王妃の座から解放したと」

ふむ、ふむ、と何度もうなずいては、顎を撫でてロレダンは続ける。

「そういった事情であれば、君のマリアが旅をしていたことに筋は通る。五歳で異国に軟禁されたのなら、親のことなどほとんど知らないに違いない。実家に帰るという選択肢を取らなかったのも当然だ」

「ロアンヌ王子フィリップが、この件に関して動かない理由にも説明が付く。なにせ公的には、マリアはまだ人妻だからな」

教皇庁の腹黒い聖職者どもに、どれほどの金と権力を握らせたか知らないが、公文書上は依然として、マリアとヨハンが夫婦であるに違いない。

ディートバルトが、マリアを探しだせなければそこまで。

仮に探しだせたとしても、バーゼル帝国へ連れ帰ったと同時に、その娘は王妃だ、誘拐だ、懸想して寝取ろうとしただのと騒いで、失脚を狙うつもりだろう。

対立する皇帝候補側が妨害せず、監視していた理由がそれだ。

離婚嘆願の一枚を握りつぶせば、最大の政敵を葬れる。やらぬはずはない。

ヴェネトに来てすぐ、敵は、マリアがポモーゼ王妃マリアだと気づいたのだろう。

（あるいは、夫であるヨハン王の方に揺さぶりを掛け、行方を追っていたのか）

どちらでもいい。問題は、これからのことだ。

「まずいのではないかね？　ディートバルトにとって腹立たしいことだろうが、すべてが相手の思う通りに進んでいるようだが」

食事する気がなくなったのか、さほど手を付けられていない皿の上に、フォークとナイフを揃え置き、ロレダンが目を鋭くする。

昨晩、マリアとディートバルトの間になにがあったかなど、説明せずとも知れたことだ。

二人が総督府にある極上の客室から、船上歌劇を見ていたことなど、わざわざ密偵を使い調べずとも、外から遠眼鏡をかざすだけでわかる。

その後、どちらも帰宅しなければ——不義の関係と取られても仕方がない。

「逆手《さかて》にとって、やり返すだけだ」

「逆手に取るですって？　場合によっては、海上都市ヴェネトから離れた途端、不義密通の罪で捕まるかもしれない状況を、どうやって覆《くつがえ》そうというの」

互いに知らなかったという言い訳は通用しない。こと政治の世界においては尚更。

「あちらが汚い手口を使おうとも、こちらは正々堂々と意趣返しをしてやるだけさ」

姉と義兄に顔を寄せるよう合図を送ってから、細かい内容を説明する。

話が終わる頃には、すっかり日が昇りきっており、真下にある聖マルコ総督府前広場には市の準備をする者たちが集《つど》い始めていた。

姉は、話が終わるなり悲嘆の声を上げ、テーブルに突っ伏した。

が、姉より論理的かつ政治の場を踏んでいる義兄は、悪戯小僧を見るような苦笑に留め、頭を振った。

「私は、ディートバルトが皇帝となってくれれば、それで構わないが。……いいのかね？」

計画の進め方を間違えれば、マリアまでもが、非難の矢面に立つことになる。

王妃と皇帝候補たる選帝侯の密通は、面白おかしくかき立てられ、貴族や民らの娯楽に成り下がる。

そうなった場合、マリアは名誉も心も傷つけられる。

皇帝になろうが、なるまいが、ディートバルトは己の妻はマリアしか考えていない。

人に誹《そし》られ傷つくというのなら、すべての地位を捨てて、どこかの森に隠遁《いんとん》してもいいとすら、覚悟を決めている。

「運命の女すら守れぬのなら、皇帝だろうが、選帝侯だろうが、一緒だ」

だが、叶うのであれば、世界にいるどんな女よりも、マリアを幸せにしたいと思う。

マリアが望むのであれば、生き別れとなっている父母とも引き合わせたいし、皆に祝福されながら、抱えきれないほどの幸せを約束された花嫁にしたいと願う。

そのためには、当のマリアでさえ欺《あざむ》かなければならないとしても。

◇◆◇

祭りから半月も経てば、街は日常を取り戻す。

マリアは昼下がりの窓辺で、侍女のゲルダとともに裁縫にいそしんでいた。

ディートバルトの姉が所有する屋敷に、お客様待遇で滞在しているわけだが、一ヶ月近くも経つと、なにもしない日々に落ち着かなくなってきた。

侍女だったゲルダはもちろん、離宮ではマリアだって、調理の手配や予算の分配と、女主人がやるべき仕事をこなしていた。

だからなのか、無駄な時間に飽きるのも早く、暇つぶしがてらに、屋敷の使用人が使うエプロンやシーツなどの繕い物や、仕立て直しをしているのだ。

運河のせせらぎに耳を傾けつつ、針を進めていた二人だが、階下から近づいてくる騒がしい足音に手を止める。

「きっとアンナです。……姫様と歳も変わらないのに、どうしてああ落ち着きがないのだか」

手にしていた針を針山へ戻し、ゲルダが呆れた顔をする。

商家で伸び伸び育った娘と、離宮という籠で王妃教育を受けていたマリアを比べるのは、いくらなんでも酷だろう。

なのでマリアは、ゲルダのお小言を否定も肯定もせず、ただ曖昧な微笑みで受け流す。

アンナは、新しく入って来た十六歳の侍女だ。

予定よりヴェネト滞在期間が延びることになったので、話し相手にでもなればと、マリアより二つ年下の娘――アンナが側に付けられた。

名の知れた商家の娘と、身元はしっかりしているのだが、六人兄弟のうち五人が男だからか、よく言えば活発、悪く言えば粗雑な面があった。

「物音を立てないのが侍女の品格だと、あれほど口を酸っぱくして教えたのに」

皿洗いや洗濯を担う下働きの女とは異なり、侍女は来客対応も多い。

侍女の品格が低いようでは、館の女主人の手腕が疑われる。

だがマリアは、アンナのはつらつとした動きや、物言いに好ましさを覚えていた。

（海の上を、自由気ままに飛び交うカモメみたいなのだもの）

果たして、マリアとアンナが予想した通り、バタバタとした足音が部屋の前で止まり、数秒の間を置いて扉が開かれた。

「失礼いたします。若奥様」

そばかすが薄らと残る赤毛の娘が、真面目くさった顔で頭を下げる。

――急ぎ走ってきたせいで、まとめ髪がほつれ、お仕着せのリボンが歪んでいるのは、この際、ご愛敬《あいきよう》だ。

初々しさに口元をほころばすと、姫様は甘いとゲルダから睨まれた。

「どうしたのですか？　そのように急いで」

吹き出しそうになるのをこらえ、尋ねれば、アンナは二度、まばたきして首を傾げた。

「どうして、おわかりになったのですか？」

「そりゃ、あんな足音を響かせていれば、気づきます。……侍女というものはね、どんなに急いでいても、埃《ほこり》が立つような歩き方は、絶対にしないものなのですけれどね」

「はぁ。左様ですか」

先輩侍女であるゲルダの嫌味に、アンナはぽりぽりと頬を掻く。

さほど応えた様子がない。

（私からも、言い聞かせた方がいいかしら）

考えつつ悩むマリアの目に、ちらりとした色つきの光が過《よぎ》る。

「あら、アンナ。お前……婚約でもしたの？」

取り澄ました様子を崩し、ゲルダが興味津々に、アンナの左手を見る。

視線を向ければ、彼女の薬指には、小さな金の指輪があった。

「ああ、これですか？　違いますよ。婚約だったら、こんな色硝子の小品を贈るわけがありません。……これは従兄弟《いとこ》が、男除けにってこの間の祭りでくれたんです」

乙女なら頬を染めるところだが、アンナはあっけらかんとしたものだ。

「男除け？」

「そうですそうです。センサの祭りでは、総督が指輪を海に投げて、国が永遠に続くよう誓うでしょう？　あの儀式をダシにして、小物細工の露天商なんかが、たくさん指輪を売るんです」

マリアたちが外国からの客と知るアンナは、考え考え説明しだす。

貿易を担う都市や国では、船を男に、海を女に例えた祭りや風習が多くある。

センサの指輪もその一つで、男性が意中の女性に贈ることで、〝この娘にはもう、自分という相手がいますよ〟とか、永遠の絆《きずな》が誓われていると、主張するためのものなのだとか。

「年頃なのに、一つも指輪を貰えないのは可哀想だからって、くれたんです。……着けてないと、顔を合わせた時に、あれこれうるさいものですから」

従兄弟も、ここの館の近くで侍従として働いているらしく、朝晩の通い道で一緒になることが多いのだとか。

「余計なお世話ですよねえ。……まあ、仮です。仮。本命の婚約なら、祭りのついでなんて気軽なものでなく、もっと改まった場を用意してもらわないと」

とは言いつつ、アンナはまんざらでもない様子で笑う。

「それで、ゲルダさんはヴァルターさんから指輪を貰えたんですか？」

ふと思い出したように、悪気なくアンナが聞いた途端、ゲルダは動揺した様子で片付けかけていた刺繍道具を床へ落とす。

「なっ、なっ、なにを！」

いつも落ち着き払っている彼女が、裏返った声で憤慨《ふんがい》するが、アンナはまるで気にしない。

「え、だって……いい仲なんじゃないですか？　この間、シャツを繕《つくろ》ってあげたりしてたし。その前は、なんだかんだツンケンしつつ、夜食を差し入れしてたでしょ？　恋人では？」

「そうなの？　ゲルダ」

初耳だ。自分が知らない間にそんなことになっていたとは。

そういえば、旅の始まりこそは反発しあい、寄ると触ると口論していたヴァルターとゲルダだが、最近はあまりやり合わない。

「ちっ、違います。なんというか、同病相憐れむというか、主に仕えるもの同士の苦労と言いますか、そういうものを……ですね！」

必死になって反論するも、顔が赤い。

「欲しいなら、自分から言ったほうがいいですよ。ああいう堅物は言わないとわからないから」

違うとか、なにを言ってるのこの子は！　とか、騒ぎ出す二人を前に、マリアは理解する。

(ああ、なるほど。だからディートバルト様は、私に指輪を贈りたがったのね)

祭りの日に、宝石商を招き、呆れるほど多くの指輪を用意してくれたことを思い出す。

指輪は欲しくないというマリアに、珍しく食い下がってきたのは、恋人として自分だけを見てほしかったからか――と。

なんとはなしに理解した途端、頬が朱に染まる。

好きだと思いを告げる前から、きちんとマリアのことを思って行動してくれていたのだ。そのことに、変に気持ちが動揺してしまう。

伝えずとも、好きでいてくれた。恋してくれていたのだ。自分がそうであったように。

そう考えると、出会ってから今までのことすべてに、意味があるように思えてしまう。

馬車の乗り降りで手を差し伸べてくれたこと。気づけばいつだって目が合うこと。夫婦の芝居だと戯れ、口づけを求めてくること。

全部、好きの表れだったのかも――などと意識すると、もう駄目だ。

頭のてっぺんから爪先までが、想う男を意識しだす。

ここ数日はずっとそうだ。ふとした拍子にディートバルトの存在を気にしてしまう。

窓辺からの風に髪がそよいだ時や、日差しが指先を照らした時など。

ふとした拍子に、彼の指先や唇の熱さが意識を過る。

あの夜、お互いに好きだと伝え合い、肌を重ねてから、ディートバルトはより一層、マリアへの寵愛を深めていた。

どんなに忙しそうでも、一食は必ずマリアと席を共にして、会話を楽しみ、なにくれとなく気遣っては、さりげなく約束を結ぶ。

落ち着いたら船遊びに出かけようだとか、バーゼル帝国の温泉地方に別荘があるので、そこで一緒に、一冬を過ごしたい――だとか。

その場限りの関係ではなく、この先もずっと続ける気があるのだと、誠実に伝え、重ねることで、マリアを安心させようとしているのが、会話の端々からわかる。

だからマリアも精一杯応えようと思えるし、彼との愛をより長く温めたいと思う。

抱かれたのは一度きりだが、そんなことはまるで問題ではない。

言葉や仕草、なにより、焦がれ求める視線だけで、彼が自分を独占したいと願っているのがわかる。

（そういえば、あの、菩提樹の飾り鈴はどうなったのかしら……）

動きが激しすぎたのか、処女を失った夜、お守り代わりに足首へ巻き付けていた飾り鈴の鎖が、千切れていたのだ。

両親とマリアを繋ぐ、唯一の思い出の品なのに、鎖が切れていては身に着けられない。

しょんぼりしていると、ディートバルトが、馴染みの金細工師に鎖継ぎを頼むからと、三つの鈴ごと預かってくれたのだ。

それきり半月。そろそろ、ネックレスの修理が終わっていい頃だが。

（でも、できあがったとしても、家に届くかどうか。ディートバルト様は忙しいのだし）

ぼんやりしつつ考え事をしていると、不意に、恋人から名を呼ばれた。

「マリア」

「……え？」

記憶ではありえない、生々しい声に目をまばたかす。

すると、戸口に立っていたアンナの後ろから、ディートバルトが顔を覗かせた。

「まあ。お出かけだったのでは？」

朝食後、運河にゴンドラを呼ぶよう、執事に手配していたのを見た。

確か、仕事で人と打ち合わせをしてくるとか、そんな話だったが。

身体にぴったりとした黒の上着に、瑠璃色をした中衣のジレと、粋かつ貴族らしい着こなしの恋人を見惚れていると、彼は悪戯っぽく笑う。

「あまりにも進展がないので、腹が立って戻ってきた」

「よろしいのですか？　お仕事だったと記憶にあるのですが」

あまりにも、あっけらかんというディートバルトに念を押す。

早く帰って来てくれたのは嬉しいが、それで仕事が片手間になるようでは心配だ。

「気にするな。時間を老人との駒遊びに費やすぐらいなら、マリアの側で昼寝した方が、ずっといい。……それに、マリアに見せたいものができたからな」

言いながら、後ろに向かって手を振る。

すると彼の身の回りを担当している侍従が、一抱えもある木箱を腕に室内へやってきた。

促されつつ蓋を開くと、金箔《きんぱく》や小さな真珠などで美しく装丁を施した本が、数冊入っていた。

「まあ！」

読書が趣味なマリアは、喜びに声を上げてしまう。

ほとんどが手に持って読める大きさの本だ。

この間に見た歌劇の台本や周辺国の旅行記、料理本と、マリアの好みをまんべんなく抑えているのが、心憎い。

だけど一番大きな本だけが、見たこともない異国の文字で、マリアは戸惑う。

「開いてみろ」

側に来たディートバルトが肩越しに覗き込みつつ、囁く。

新婚夫婦らしい近距離に、アンナがわわっと恥じらいの声を漏らすが、当のマリアだって、密着されれば恥ずかしい。

呼吸ごとに、背や肩がディートバルトに触れる。

外出から戻ったばかりだからだろう。

逞しい身体から放たれる体温は高く、熱砂を吹く風のようにマリアの肌を焦がす。

彼が好んで纏う、黒檀《こくたん》と杜松《ねず》を合わせた香水も、汗を含んでか、いつもと違う香りがする。

真昼だということを忘れそうな、妖艶で重い香りだ。

薄暗い路地裏から唐突に現れ、消える、謎めいた男のような印象を抱かせる。

いつもより濃密にディートバルトの存在を感じ、我知らずおののいていると、彼の指が、耳からこめかみを思わせぶりに撫で、肩越しに本の表紙をめくった。

に広がる。

インクと香辛料の入り混じった香りが漂い、鮮やかに彩色された、植物や動物の絵が目の前に広がる。

「わ……」

見たこともない花や鳥、不思議な生き物に目を奪われる。

独特の筆遣いや、金彩の緻密さなども素晴らしく、マリアは興奮に頬を上気させながら、ディートバルトを振り返る。

「図鑑ですね！　アナトリアの」

ヴェネトから海を挟んで東にある、砂漠の大帝国だ。

異教徒の国のため、貿易船の行き来も少なく、それゆえ、本一冊にも莫大《ばくだい》な値が付く。

以前から見たいと思っていたのだが、一冊で馬車や小さな家と同じ価値の本など、ただのマリアには贅沢でしかない。

「諦めていたのに、見ることができるなんて！」

「この間の宝石商に頼んで、取り寄せた。……アナトリアの後宮で、皇子を訓育するのに使った図鑑らしい。立派なものだろう」

「立派どころか！　このような物をお貸しいただけるだなんて！」

興奮にうずうずしながらお礼を言うと、ディートバルトが苦笑する。

「貸すのではない。お前への贈り物だ。これなら受け取ってくれるな？」

「もちろんです！　ディートバルト様のお気持ちがとても嬉しいです！」

振り返り、お礼を言おうとするも、それではとても足りないと心が訴える。

嬉しい気持ちを、ありったけの幸せを伝えたくて、マリアは衝動のままに両腕を伸ばし、ディートバルトに抱きついた。

「ありがとうございます。私のためにこんなにしてくれるなんて。……好きという気持ちしか返せないのが、今は、とてももどかしい」

「ッ…………！」

思いを伝えるや否や、ディートバルトが、窓辺に座るマリアを腕に抱き上げた。

「きゃっ！」

視点の高さに驚き、とっさに相手の首へすがりつく。

同時に、貴重な図鑑を落とさないよう、持つ左腕に力を込めた。

なんとか本を抱えほっとしていると、耳元で大きな溜息が響く。ディートバルトだ。

彼は眉間に皺を寄せた顔で、マリアと額を合わせ、獣のようにうなりだす。

「まったく。この俺が、本に嫉妬させられる日が来るとはな……」

「ディ、……ディートバルト様？　嫉妬だなんて、そんな」

突然のことにまばたきを繰り返していると、彼は、腕の中のマリアを一層きつく抱き閉め、甘い声で囁いた。

「そんなこんなもない。……嫉妬するに決まっているだろう。俺以外の物に夢中になるなんて。あんな可愛い笑顔を見せて、喜ぶだなんて」

たまらんとか、けしからんとか、要領を得ないつぶやきばかり繰り返されてもわからない。

どうしたものかと助けを探すが、ゲルダとアンナの侍女二人組も、ディートバルト付きの侍従も、頭を振って呆れるばかりで、誰も間に入りそうにない。

どうにかして、恋人を落ち着かせなければと考えている隙に、ディートバルトは大股で部屋を横切り、隣にある主寝室へマリアを連れ込む。

「ほら！」

楽しげに掛け声を上げ、マリアを大きな寝台の上に放り出す。

ドレスの裾がひらめき、下にあるパニエの布地が波立って、弾む。

檸檬の香りを纏った風が、中庭側の窓から入り込み、開け放しだった扉は、音を立てて閉ざされる。

「もうっ！」

恋人の突飛過ぎる行動に、憤慨の声を上げてみせるが、本音は怒ってなどいない。

綿と羽毛の詰まった敷布の上で弾み揺れながら、なんとか身を起こしたマリアは、待っていたとばかりにディートバルトに転がされてしまう。

「わっ、わ……。あ、もお……！　ディートバルト様ッ」

まるで子どもだ。

はしゃぎながらマリアの肩を押さえ、笑い声を上げる相手に膨れた途端、唇が奪われた。

「んっ、ふ、っ、も……ぅ、ンン」

ちゅ、ちゅ、と可愛らしい音を立て、何度も唇がついばまれる。

そのうち、くすぐったさや照れとは違う、媚びた吐息が鼻から漏れだす。

自分のものとは思えないほど、甘いねだり声がいたたまれない。

恥ずかしさにマリアが顔を背けると、先を読んだ動きで、首筋を甘噛みされた。

ちくりとした痛みに次いで、痺れるような悦毒が身に染みていく。

たまらずディートバルトを押しやるが、彼は、目を細めながらマリアの表情や、肌が紅くなる様を眺め楽しんでいた。

「も、……っ、唐突、すぎます」

「唐突なものか。ここ半月、ずっと我慢していたんだ。……これでも、遅すぎるぐらいだ」

「我慢だなんて、そんな」

なにを我慢するというのか。

わからず目をまばたかせていると、ディートバルトは、これだから——とぼやき、口端を歪めた。

「するだろう。マリアはあの夜が初めてだったんだ。日を開けて身体を労らなければ、辛い。

……回復するまでは無理を強いてはと、欲を抑えていた」

敷布の上に広がる銀髪を一筋手に取り、愛おしげに唇へ当てて、ディートバルトは続けた。

「本当は、ずっとこうして触れたかった。あの夜が、夢や幻でないと確かめて、もっともっとマリアを俺で一杯にしてしまいたかった」

うっとりとした眼差しを見せるディートバルトに、きゅんと胸が疼く。

マリアが嬉しさになにも言えずにいると、彼は照れ笑いを見せた。

「……今夜ならばと、下心を持っていたことは認めるが、大好きだと言われ抱きつかれては、忍耐なんて脆《もろ》く崩れる。限界だ。今すぐお前を抱きたい。駄目か」

言いながら、ディートバルトは、手の甲で、マリアの顎の下から胸元までを撫でつける。

乾いて甲が節張った、軍人らしい手の感触に、たちまち身体が目覚めてしまう。

喘ぐように唇を薄く開き、吐息を漏らす。

それから、顔を横に背けたまま、精悍な顔に期待と欲情の色を浮かべるディートバルトを、盗み見する。

深紅の瞳を艶めかしく輝かせ、待ちきれない様子で迫りながら、マリアの同意を待つ様は、酷く自尊心と愛おしさを満足させる。

力に溢れる若く強い獣を、細い銀鎖一本で御しているようだ。

後少しでも均衡が崩れれば、骨まで残らないほど食べ尽くされる。

被虐的な妄想が頭を過る。

怖さと紙一重の興奮が、愉悦となって背筋を走り抜けた。

マリアだって、ディートバルトを拒みたい訳ではない。

どころか、触れられることを意識するだけで、身が熱くなる。

女の肉体とは、これほどまでに浅ましく淫靡なものなのか。

恥じ入る一方で、とことんまで暴いて、見つけて、愛してほしいとも思う。

抱かれたのは祭りの夜だけだが、今日まで、ずっと視線で求められ、さりげない触れ合いに意味を持たせられていた。

恋人として、気づかない訳もない。

身を羞恥に焦がしながら、マリアは覚悟を決める。

「……窓を閉めて、部屋を暗くしていただければ」

か細い声で訴えると、ディートバルトはマリアが抱えていた図鑑を取り上げ、枕元にある小卓へ置く。

それから身を起こし、意味ありげな笑いを浮かべたまま、荒っぽい手つきで窓もカーテンも閉ざしてしまう。

「ほら、暗くなったぞ」

マリアのいる寝台に戻って来ると、天蓋から垂れる組紐《くみひも》を引く。

白、蒼、暁と、三色の薄絹が順番に降りてきて、寝台の中を日常から切り離す。

ふんわりと揺れながら、周囲の景色をぼやけさせていく布を見る間に、ディートバルトは慣れた手つきで服を脱ぎ捨て、裸体をさらす。

恥じらいもてらいもない行動に、きゃっ、と小さく悲鳴を上げたのも一瞬。

マリアの瞳は、すぐさま男の肉体に釘付《くぎづ》けとなる。

鍛え上げられた肉体は、それ自体が芸術品のように美しかった。

形のよい鎖骨と、肘から手首までのしっかりした形。

頑強な骨の存在が分かる肩から上腕に掛けての、しなやかに隆起する筋肉。

絞れた腰から臀部に至る造形は無駄がなく、つい触れてみたいほど美しい。

なにより、その股間にあって存在を強調する雄がすごかった。

淫らで魅惑的な造形を誇示しながら、臍まで反り返り、天を突いている。

張り出した部分はもちろん、血管の浮く幹の部分まで。

すべての部位が猛り、暴れんとする力を感じさせた。

圧倒的な存在を前に、マリアは頭のどこかで悟る。

(ここまで完璧な肉体をしているから、恥じらう必要がないのだわ)

ぶるりと頭を振りしだいたディートバルトと、眼があった。

「随分、熱っぽく見つめてくるんだな。お気に召したか」

からかわれ、そんなことないと言おうとしたが、どうにも言葉が出てこない。

緊張に震える喉がおのずと渇く。

マリアが、ごくりと唾を呑んだ時だった。

厩舎《きゅうしゃ》の柵でも越えるようにして、ひょいっと寝台の上に飛び移ったディートバルトは、泡を喰って動けないマリアのドレスに手を掛ける。

前回の舞踏会用とは異なり、家でくつろぐことに主眼を置いた日中着は、締め付けるところがほとんどない。

乳房の下に、布を絞り、襞を寄せるリボンが一つ巻かれているだけなので、それを解かれると、あっという間に身体から服が浮いてしまう。

肩から布が滑り落ち、慎《つつ》ましく隠れていた乳房が半分ほども露出すると、マリアは困惑の声を上げ身を捩る。

「こら。……どうして、そうやって隠そうとする」

「それは……。ディートバルト様とは違って、立派とは言い難い胸なので」

昼下がりとはいえ日中だ。

はっきりと身体が見え――小ぶりで、少女の硬さが残る胸だとわかってしまう。

「その、小さくて見応えがないので、がっかりさせてしまう……かと」

若き軍神そのもののディートバルトに対し、なにもかも小ぶりな自分が恥ずかしい。

背中を向けていれば、まだ硬く青い果実を見られ、男に欲を失わせることもない。

そう考え、うつ伏せとなって身を縮こめていたのだが。

「なにをつまらぬことを。大きいだの小さいだの」

腹の下に手が差し込まれ、掬い上げるようにして腰を浮かされる。

ディートバルトはすぐマリアの服の裾を掴み、玉ねぎの皮でも剥くみたいにして、ドレスもシュミーズも剥《は》いでしまう。

あまりに手早かったので、なにが起こったのかわからない。

ただ、今、身体を覆っている布は、両横をリボンで留めるだけの下穿《したば》きと、肌の色がうっすらと透ける白いストッキングだけだということだ。

目を剥いて肩越しに振り返る間に、ディートバルトが腹を支えていた手を動かし、肌を滑らかに撫《な》で上げる。

そうして乳房の下までくると、掬うようにして膨らみを手の中に収めた。

「夏の桃のように引き締まっていて、俺の手に馴染み収まる。いつまでも触れていたいほど滑らかなのに、力を込めると、すぐ崩れるほど柔らかい」

ぐに、ぐにと何度も指を双丘に沈め、跳ね返る肉の感触を楽しみながら、ディートバルトは淫靡に嗤《わら》った。

「小さいのが気になるなら、もっと可愛がって育ててやろうか」

耳朶から耳殻をつっと舌先で舐め上げ、そんなことを言う。

男の手に収まる両方の乳房が、ことさらゆっくりと揉み撫でられる。

背後に迫る肉体の熱と、緩やかに胸を揺らす刺激。

その二つに急き立てられて、マリアの呼吸が上がりだす。

「は、あ……っ、ぁ」

思いの丈をぶつけ合い、番《つが》うことを望み急いた最初の夜とは違う。

互いの身体を知り、より深く、緻密に繋がろうとでもするように、ディートバルトは時間をかけてマリアの身体を愛《め》でる。

真っ赤に染まった耳からうなじへと吸い付いて、頸椎《けいつい》の後ろの骨にしゃぶりつく。

そうしながら、手を胸の膨らみへ絡みつかせる。

だが、男の指は敏感な部位を——中央で色づき始めた蕾を、ことさら慎重に避けていた。

うずうずとするものが、乳房の中に溜まりだす。

男の指の動きに媚びるようにして、肌がじっとりと汗ばんでいく。

湿った肌から体温が同化し、より手指が馴染むようになると、ますます、違う刺激が欲しくなる。

「そんな、ふうに、揉んでいても……胸など、大きくはなりま、せん」

降参するまで続けようというのか、それとも単純に、女の肌触りに陶酔しているのか。

飽きもせず乳房を弄んでいたディートバルトが、マリアの訴えに笑い、耳朶に噛みついた。

「膨らむぞ。ほら。ここが……」

勃ち上がり、切なげに揺れていた乳首が、きゅっと強く摘まれる。

「ひああっ、あ、んっあ……やぁ、両方、だめぇ」

くちくち、ちゅくちゅくと、口で耳の柔らかさを堪能《たんのう》されながら、乳嘴を引っ張られるともういけない。

快楽の疼きに加え、卑猥な音が重なり、心も身体も、淫らな沼に引き込まれてしまう。

もがき身を揺すぶっても無駄で、男の指に捕らえられた尖端から膨らみまでが、ぴんと張る。

「ふうっ、ん、んぅ、……ぁ」

指先でこりこりと転がし嬲《なぶ》られるごとに、胸の尖りが疼き膨らみ、身体が淫らにわななく。

悦を逃そうと背を反らせば、追いかけるようにして、男の舌が、腰からうなじまでを舐め上げた。

「ぁ……ぁあ、あッ、あ」

背筋など、普段の生活では、特別に意識する場所ではない。

だからこそ、男の舌で肌を濡らされると、その熱やぬめりを強烈に受け取ってしまう。

体中の神経を収める骨筒の上を、ディートバルトは丁寧に、一つ、一つ、たっぷりと唾液を纏《まと》わせながら、しゃぶっていく。

時折、きつく吸い付いて鬱血の花弁を散らしたり、肌を甘噛みし歯形を浅く刻んだりと、愛撫の手口を変えることで、決してマリアを快楽に馴染ませまいとする。

そうすることで、いつまでもマリアを媚悦で揺さぶり、翻弄し続けようというのだ。

「あ、腰、……腰、くすぐった、ひぃ、ぅ」

痕が残るほど腰へ吸い付いていたディートバルトが、愛おしげにマリアの肌に頬ずりした。

「は……。随分、背中で感じるようだ。触れ、辿るだけで、三日月みたいに美しく反り返る」

陶酔と劣情に掠《かす》れた声で囁かれ、マリアは頭を振りしだく。

「違……そんな、んうっ、」

性器でない部位で感じ、乱れている。

はしたなさに身震いすると、認めろと言わんばかりに、乳首の尖端に爪をめり込まされる。

「ンンゥう、ぅ……ッ、つ、はぁああ、あ」

少し痛いくらいに乳首を責められた途端、急速に悦と欲望が膨れ上がった。

男の触れる部分が、どこもかしこも熱い。

指先どころか、硬い黒髪が皮膚を擦るだけで、淫らな雷が、背筋から脳髄までを走り抜ける。

媚熱に腰を泳がせ、シーツに爪を立て、迫り上がろうとするものに耐える。

そんなマリアをからかうように、ディートバルトはじっくりと背を舌で穢した。

「ひ、あ……、あんっ、ぅ、やあ、も、ぅ」

ぎゅっと目を閉ざし、喉を仰け反らす。

まぶたの端から涙がにじむほど感じているのに、どうしても、最後の高みに届かない。

まるで楽器の弦《げん》になったようだ。

ディートバルトの腕の中で身体が弛緩を繰り返し、震え続ける。

マリアの肢体に、カーテンの隙間からすり抜けた午後の光が、真白く差し込む。

滑らかな曲線でできた女の身体に、夏の日差しがさしかかる様は、いっそ神々しいほど美しく、どれほど恋人の――ディートバルトの目を愉しませているのかなんて、マリアにはわからない。

ただ、甘く爛《ただ》れきった声で啼き、乱れるだけで精一杯だ。

ついに脊椎《せきつい》が軋《きし》み、痛みに顔をしかめシーツに崩れると、それを待っていたように、ディートバルトがマリアの腰を引き寄せた。

「あっ」

瞬間、自分が、酷く淫らな体勢を取らされていることに気づく。

交尾をねだる雌の獣のように、尻を高く掲げうつ伏せている。

焦り、戸惑い、はしたなさ。そのすべてで頭がのぼせた。

マリアがまともに抵抗できぬ間に、下穿きを留める白のリボンが引き解かれる。

「ッ……！」

湿り気を帯びた布切れが、秘処から剥《は》がれ落ちていく感覚に振り返れば、力なくシーツに落ちた下着を追って、細いリボンがくねり広がった。

恥じらう身体がびくんと跳ね、太腿がわななきながら閉じようとする。

だが、それを許すほどディートバルトも甘くない。

まろみを帯びた臀部に指を沈めながら、ぐいと股間を左右に拓《ひら》く。

くちゅりとみだりがましい音を響かせ、秘裂が大きく割り拡げられ、愛蜜で濡れた陰唇が外気にさらされてしまう。

「や、だ……。そんな、とこ、暴かない、で」

甘酸っぱく淫猥《いんわい》な匂いを放ちながら、ひくりひくりと震え蠢く部位を覗かれ、マリアが半泣き顔で訴える。

「どうしてだ。……こんなに紅く、鮮やかな花を見るななどと。酷いことを言うものだ」

恥丘に添えた親指に力を込め、ますますあられなく内部をくつろげて、ディートバルトが喉を震わす。

触れられるだけでもいたたまれない場所へ、男の視線を感じる。

薄い粘膜に包まれたそこは、とっくに濡れそぼっており、羞恥で身体をわななかせるごとに、新たな蜜を滴らす。

「紅い。……いや、緋色《ひいろ》だな。舌よりも濡れ光って、期待と興奮でピクピク蠢いている」

「やぁぁ……ッ」

男を淫らにねだり求める様子をつぶさに述べられ、マリアは頭が真っ白になる。

消えてしまいたいほどのいたたまれなさだ。

たまらずシーツに突っ伏すと、まぶたの裏が真っ赤に染まった。

身体が熱い。巡る血が沸騰しているようだ。

恥じ入る気持ちとは裏腹に、手足が震え、瞳に涙の膜が張る。

身悶え、媚態《びたい》をこらえるマリアを余所に、ディートバルトは思わせぶりな動きで上体を倒す。

「逃げるな。もっと見せろ」

興奮に上ずった声が鼓膜を犯すと同時に、マリアはびくんと身を跳ねさせた。

シーツを掴み、まぶたをきつく合わせ、唇を引き絞る。

そうやって、反応をしないように努めれば努めるほど、肌はますます鋭敏になりだした。

陰唇を割り広げるディートバルトの指の硬さや、汗ばむ肌をかすめる吐息。

いやらしく疼き、刺激を求め充血していく媚肉や、そこに刺さる男の視線。

反応を抑えたくて下腹部に力を込める。

途端、蕩けた内部から淫液がこぼれ、男の手どころか太腿までもを濡らしてしまう。

やるせない切なさが胸を縛り、耐えかねたマリアが身を捩り喘いだ時。

慎重に絞られたディートバルトの吐息が、裂け目の縁をかすめた。

はっと息を呑み、身を凝らせたマリアの秘裂に、艶めかしくくねる舌が押し当てられる。

「ッ……！」

白く焼け付く頭の中で、理性を留める糸がぷつんと切れた。

汚い、酷い、いやらしい。

そういった感情は一瞬で打ち砕け、抵抗は、舐め取る舌の動きで崩される。

蜜を纏った淫裂に、唾液を纏わせたディートバルトの舌が絡む。

ぬめぬめとした未知の感触は、すぐに粘膜から神経に食い込み、頭を淫蕩に痺れさせた。

「あああ、あ……ぁ、あ」

反らした喉を細かに震わせ、マリアは壊れた楽器のように媚声を放つ。

入り口を飾る襞をしゃぶり尽くしたディートバルトは、顎を大きく開いて淫裂にかぶりつく。

まだ慣れない恥溝に舌先をめり込ませ、鰓《えぐ》り抉るようにして合わせ目をくつろげる。

時折、上部にある淫核にまで舌を伸ばし、弾き、吸い付くのも忘れない。

「ふ、あぁ、あ……ん、ひっ、う」

与える淫戯が変わるごとに、喘ぐ声を変化させながら、マリアは悦に溺れていく。

柔らかくて、熱い。

舌先に込める力が変わるだけで、感じ方が随分変わる。

執拗なまでに貪られ、頭の芯がぼうっとかすみ、表情も思考も呆《ほう》けだす。

子宮が変に熱を持ち、膣肉がどろどろと煮溶かされていくのがわかる。

――駄目だ。止めなきゃ、こんな淫らな行いは許されない。

良識的な自分がそう訴えるのに、できることと言えば、頭を枕にめり込ませ、ぐりぐりと振りしだき喘ぐことだけ。

ぬめる体液で肌が濡れ、隘路がぐちゃぐちゃにぬかるみだす頃になると、もう、まともに頭を働かせることもできなくなった。

甘い責め苦にやるせなく震え、蜜洞を捏ねる舌の動きばかりに気が囚われる。

ぐちゅぐちゅ、じゅぷじゅぷ、ずずっ、ず、と、あられもない音を響かせながら、舌で蜜園を堪能していたディートバルトは、震えるマリアが嗚咽を呑んだと同時に、秘部から唇を離す。

長く骨張った男の指が、繊細な動きで花弁を愛で撫で、濡れほぐれた淫花に差し込まれる。

「はぁ……ぁ、ッ……、ぁ」

舌より硬く長い物を呑まされた身体が、新たな刺激に打ち震えた。

そのまま、滴る蜜を花筒へ返すように、指で丹念に擦り込まれ、目裏に火花が飛ぶ。

「あぁ……ああ、あ！　んんぁ、あ、ンンゥ、ふああぁッ……！」

もはや、自分でもなにを叫んでいるのかわからない。

ただ、内部を攪拌《かくはん》する指と、それに絡んで悦を呑む女体の動きだけが、確かとなる。

張り詰めた乳房が揺れ震え、色づき膨らんだ尖端が淫らに疼く。

全身が発情している。それが手に取るようにわかる。

受け入れるだけで精一杯だった初回と異なり、身体が快楽を求め媚びていく。

男に裸身をさらし、思うままにさせるのは、まだ二度目だというのに、マリアの身体は驚くほど素直に反応し、絶頂の階《きざはし》を駆け上る。

これが正常なのか、それとも、自分が特別に淫らなのか。

困惑しつつ振り返ると、ディートバルトが劣情にぎらりと目を光らせ、マリアの背筋を舐め上げた。

「……ひぁあああっ」

情けなく媚びた声を放ちながら、ああ、と思う。

ディートバルトだからだ。惚れた男がすることだから、なんだって悦に感じてしまう。

理解した瞬間、胸の奥から耐えようもない切なさが込み上げ、マリアの華奢な腰がぐうっと反り返る。

「ンンゥッ……！」

深く突き刺さる愉悦を、脳と膣で同時に味わい、融合の予兆に身をおののかす。

絶頂に腰が跳ねたわみ、反する動きで胎内が絞まる。

ずっぷりと根元まで咥えた指は抜けることなく、腰が揺れるのに合わせながら、中をぐちゃぐちゃに掻き回す。

「は、……いやらしい。もう、俺の指を覚えて、呑もうとしている」

差し込んだ二本の指を中で泳ぎ遊ばせながら、ディートバルトは、残る片手をマリアの下腹部へと回す。

薄い下生えを揺らした指が、その下に埋もれた淫核を捕らえ、卑猥な振動を送り込む。

「あうっッ」

内部をぐちぐちと犯されながら、神経の凝る部分を弄《いじ》くられてはたまらない。

慣れぬマリアの身体は、二つの異なる刺激を受け止めきれず、びくびくと震えながら意識を飛ばす。

ねぶるように蜜襞が男の指に絡み、妖しくくねりながら奥処《おく》へと誘う。

蜜襞の淫らな締め付けを味わっていたディートバルトは、はっ、と熟れた吐息を落とし、内部から指を抜き放つ。

含む物を失った隘路が寂しさに震えむせぶ。

間もなく、滾りきった男根が秘裂に押し当てられ、容赦ない動きで突き入れられた。

「アァッ――――！」

もはや言葉ですらない。

喜悦を叫びに変えながら、マリアが舌を突き出し喘げば、ディートバルトの腰が女の臀部に叩きつけられた。

ずくん、と重い衝撃に下半身が浮く。

それほどまで激しく穿たれても、感じ取れるのは快感でしかない。

隙間なく奥処までみっしりと塞がれ、充溢した肉襞が圧迫される悦に震える女体に、飢え猛った雄のうわごとが落とされる。

「マリア……、ああ、こんなに必死に、夢中に達って。締め付けて、……すごく、よすぎて、どうしようもない」

淫核を弄っていた手をずらし、子宮の上をねっとりと掌で捏《こ》ね回《まわ》しながら、ディートバルトが歓喜に悶える。

「もっと、いやらしく、愛らしく……俺だけのために、啼け」

傲慢に命じながら、男は腰を引く。

長大な物がずるりと抜け行く感覚にぞくぞくと震え、突き入れられる刺激に身を絞る。

細く高い悲鳴を上げて、腰を揺らされるままに淫悦に溺れた。

結合部から溢れた蜜が、泡立ち白濁するほど激しい動きも、愛しい男だと思えばこそ受け入れられる。

与えられる快楽に完全にたぶらかされながら、マリアはもっともっとと全身でねだる。

剝き出しの劣情で穿たれ、竿を肉壁に押し付けながら攪拌されて、もう、なにがなんだかわからない。

混濁する意識の中で、精一杯にディートバルトを呼び、愛してると繰り返す。

すると骨の髄まで響く強さで剛直をねじ込まれ、子宮から女体を揺さぶられた。

「アァ、アァ、ッ、……ッ、ァあんッ」

敷布から上体を引き剥《ひは》がされ、男の膝にまたがり座る体勢にされる。

すると、交わる部位に自重が掛かり、より深く雄根を感じてしまう。

甘く崩れたマリアの身体が、下から突き上げるようにして揺さぶられる。

臍裏にある弱点を突き抉った亀頭が、その勢いのままがつんと子宮口を穿ち押し上げる。

身体がバラバラになるような衝撃に震え、骨の髄まで快感で穿たれ気を飛ばしても、抜かれる刺激で引き戻され、より高い法悦を極めさせられる。

「い、あ、ぁ……もう、む、りぃ！　む。りぃぃ」

感情的な幼子となって、マリアは強すぎる快楽に泣き喚く。

ぐずぐずに蕩けた顔のまま思う。これ以上、達することなんてできない。

男を完全に受け入れほぐれた女体は、限界まで仰け反りながら、含む劣情を最奥へ導く。

充溢しきった子宮口が、柔らかくほぐれながら亀頭へ吸い付き、蜜襞が一斉に蠕動《ぜんどう》する。

正気を失った肉体が、本能だけで射精をねだる。

勢いよく蜜を吹き出しながら漲《みなぎ》りを呑み、むしゃぶりつく動きに、ディートバルトは奥歯を喰い締め耐えていたが、いつまでも保つものではない。

小さなマリアの身体をかき抱き、汗に濡れた筋肉を激しく痙攣させながら、男が、ぐうっと腰を突き上げた。

衝動的にまぶたを閉ざすと、目の端から喜悦の涙が流れ落ちる。

限界まで呼吸を絞り、皮膚を擦り合わせ、互いの境目がわからなくなった瞬間。

収斂《しゅうれん》する女陰の中で、屹立が力強く膨らみ、そして弾けた。

白濁が噴出する、心地よい衝撃を全身で受け止める。

細胞が弾け、新たに生まれ変わるような爽快感を味わいながら、マリアは意識を手放した。


次に意識が戻った時は夕刻で、マリアは、窓から吹き込む風の気配で目を覚ます。

さらりとした素肌を撫でる空気の対流に目を細め、そこで、まだ自分が裸だと気づく。

(いけない。服を着て身を整えなければ。……昼夜なく寝室に籠もり淫蕩に耽《ふけ》るなど、使用人に示しが付かない)

新婚という嘘でこの屋敷に入り込んだ二人だ。多少、羽目を外しても文句は言われないだろうが、それに甘え、規律を乱すようではいけない。

ここの主人はディートバルトの姉で、マリアたちは一時的な仮住まい。

客としての領分を忘れ、我が物顔に振る舞うのは避けたい。

そう思うも、なかなか目が開かない。

眉間に皺を寄せ、んんっ、と呻けば、無理するなという風に、頭がぽんぽんと叩かれた。

「……、ディートバルト、様？」

気恥ずかしさにわなないていると、逞しい腕が背後から伸びてきて、マリアを抱いて揺さぶりあやす。

「腰が？」

「完全に腰が抜けていたんだ。無理はするな」

そおっと目を開くと、片肘を突いて枕に身を預けていたディートバルトが、やや気まずそうに顔を反らす。

「その。つまり……。やりすぎた。マリアは俺ほど体力がないのに、夢中になると、つい忘れる」

照れ隠しに咳払いするが、見てわかるほど目元が赤らんでいる。

「まあ。……ごめんなさい。私に体力がなくて」

両手を頬にあてつつ伝える。

考えてみれば、一度目も、二度目も抱き潰された。

「ディートバルト様について行けるよう、がんばります。これから」

日にちが開いているからいいが、続くとなると身体がもたない。

彼の求めは嫌ではないので、ついて行けるようにしなくては。

当人にとっては、恋人と対等に触れ合うための真面目な――端から見ると、若干方向を間違った――努力を決意し、うなずいていると、ディートバルトが口元を手で覆う。

「これだものな。本当に。……俺は一生、マリアにかないそうにない」

背後から抱かれたまま、首を仰け反らせて会話を続ける。

「なにを仰《おっしゃ》るのですか。私より博識で、頑健で見目も声もよし。少し意地悪ですけど、私は嫌いではありません。さしたる欠点もないのに、なにを根拠に弱気な……あっ、どうして笑うのですか？　私、なにかおかしなことを？」

寝返りを打とうとしたマリアは、背中にちくんとした痛みを感じて動きを止める。

「ん。……大丈夫か。マリアが起きるまでの手遊びに、眺めていたんだが」

言いながら、痛みの原因となったものからマリアを庇う。

「あ、図鑑」

改めて背後から抱き直されたマリアは、枕元で見開かれていた図鑑――ディートバルトが贈ってくれた異国のものだ――を見つけ、目をまばたかす。

この角が、背中に当たったのだろう。

開かれたページをなんとなしに眺めれば、鷹狩《たかが》りについて書かれているのが見て取れた。

色とりどりの宝石で飾った布を頭に巻き、肩には鷹を載せた青年の挿絵がある。

その足下には、獲物であろう狐《きつね》や兎。

そして、リスに兎の耳、獅子《しし》の尻尾という、おかしな風体の動物が描かれていた。

見たこともない姿に目をまばたかせていると、マリアの背後から、一緒になって図鑑を覗き込んでいたディートバルトが口を開く。

「アラプシャウタンだな。幸運の飛びネズミ」

「知っているのですか？」

「ここに書いてあるだろう。大人の手に載るほどの大きさで、跳躍力は約、半ファルサフ」

「……アナトリア語が読めるんですね！」

異教徒の国の言葉が読めるなんてすごい。あの国は大陸公用語が通じないのだ。

マリアが感心しきりの目で振り返れば、相手は苦笑してみせる。

「片言程度だがな。……俺の曾祖父《そうそふ》の代辺りで侵略やら外交があったらしく、近年では、軍で基礎だけ習うことになっている。士官や幹部候補生は、他にも数カ国語は習うな」

「ああ、だから。私の言葉がわかったんですね」

出会いを振り返り、納得する。

いくつかの言語や、地方によるなまりの違いを知るからこそ、マリアが言葉に困っているとすぐわかったのか。

「すごいな。半ファルサフといったら、俺がマリアを肩車したより高いぞ」

図鑑を見ながら説明されて、マリアは目を丸くする。

ディートバルトに肩車されれば、頭が天井につっかえる。

そんなに高く跳躍するネズミなど、まるで夢物語だ。

「こんなに小さいのに？　どうやって跳ぶのでしょう。見てみたい」

わくわくしながら、一緒に図鑑を眺めていると、ディートバルトがマリアの頭頂部に顎を載せ、言う。

「そんなに見たいなら二人で行くか。まあ、すぐは無理でも、二、三年後ぐらいには……」

「二、三年……」

ディートバルトとは恋人同士だが、そんなに長く一緒に居られるだろうか。

離婚で平民になったマリアに対し、ディートバルトはかなりの高位貴族。

結婚が夢物語なのは、考えるまでもなくわかっている。

好きな気持ちは確かだし、こうして身体を交えることも、後ろめたさはあっても悔いはない。

別れるなど考えるのも辛いし、二人の関係が続くなら、いつまでだって続いてほしいが、現実を忘れてはならない。

忘れれば傷つくのは、他ならぬマリアだ。

初めて好きになった人。初めて身体を重ねた人。

誰かの肌のぬくもりが、こんなに幸せなのだと思い出させてくれた人。

だけど、心に線を引いてわきまえなければならない。そうでなければ——。

ぼんやりとした思考の向こうで、声を上げ、泣いている幼子がいる。

どうして、どうして、父様に会えないの。母様はどこなの？　どうして、どうしてと大人を困らせる悪い娘が。

早く黙らせなければ。

悪い娘などいらない。いい子でないと、この世界では生きていけないのだ。

（あれは誰？）

赤い、冥婚の指輪を嵌めた——あれは。

「マリア？　どうした。まだ眠いか。具合は大丈夫か」

「すみません。…………二年か三年ですか。長いですね」

目裏を突き刺す痛みを、まばたきで散らしつつ言葉を繋ぐ。

声が上の空であることに、マリア本人だけが気づけていない。

黙ってマリアの顔を見ていたディートバルトが、手を伸ばして図鑑を閉じた。

そのまま、マリアを背後から抱きしめながら嘆息する。

「マリア。……俺は、二年や三年を長いとは言わせたくない」

「そ、そうです……ね。五年とか、十年とかでないと」

「違う。年数じゃない」

届かない月や星に手を伸ばす。無駄だとわかっていても諦めきれない。そんな切なさ混じりな恋人の声に、マリアまで悲しくなってしまう。

好きな人に、こんな顔をさせたくない。

だけど、ディートバルトの表情の理由がわからない。

二年が長くないだとか、五年でもないとか。それではまるで——。

「永遠に側にいろ」

考えず、蓋をしてしまおうとした言葉を告げられ、どきりとする。

思わず、身じろぎしてディートバルトとの間に距離を作ろうとするも、一瞬早く、彼に肩を取られ寝返りを打たされる。

毛布の中、互いに何一つ身に着けない素肌の状態で向かい合う。

だが、恥ずかしさや滑稽さを覚えることもできないほど、マリアは気を動転させていた。

「えい、えん……？」

永遠に側に居ろとは、まるで、結婚を望んでいるようではないか。

その通りだと言いたげに、ディートバルトは大きくうなずき、マリアの額に唇を寄せてから囁く。

「そう。永遠だ。……時が来て、すべてが整えば、俺はお前を花嫁に迎えたい」

真剣な眼差しだ。冗談などではない。

ディートバルトは、誤解する術もないほど誠実に、マリアを求めている。

だからマリアは、言葉どころか表情までもを失ってしまう。

「……少なくとも、俺は、そうなることを願っている。いやか」

そこで言葉を句切り、神聖な誓いを交わすように、指を絡めてマリアと手を繋ぎ、その甲に唇を落とす。

「家を探すお前の旅を、このヴェネトで終わりにしてくれないか。俺とバーゼル帝国の首都で暮らすのは考えられないか」

「そんな、ことを、急に、言われましても」

「立場柄、用意が必要なのですぐにとはいかないが。……ああ、そうだ。しばらくは、お前を保護したあの家に暮らすのはどうだ」

病のゲルダを看病するために貸してくれた、あの家だ。

「確か、ディートバルト様が隠れ家と言われた……」

そうだ、と言われ首を傾げる。

隠れ家なら、本宅は別にあるはずでは？

疑問に思っていると、ディートバルトがマリアを抱き寄せ、さらに熱っぽく言葉を重ねた。

「側にいろ。……マリアを側に置くためなら、なんだってやるつもりだ」

「……私には、それが、正しいのか、よいことなのか」

こらえきれない愛おしさを伝えるように、額から頬、こめかみと接吻を繰り返しながら、ディートバルトが笑う。

「今すぐ返事は必要ない。考えることも多いだろう。だが、覚えておけ」

判断に迷ってしまう。

本来なら、いや、普通の女性なら、嬉しいと随喜《ずいき》の涙を流すところだろうが、マリアは普通の娘ではない。元とはいえ王妃だ。

好きな男から求婚されても、おいそれと受け入れられない背景がある。

(どう、すれ……ば)

マリアにとって、今、一番優先すべきはディートバルトの未来だ。

彼にとって幸いある未来であることが一番だ。だけど。

「私は……。ディートバルト様が何者か知らない。そしてディートバルト様も、私が何者かご存じない」

「……心のままに、は難しいか」

「心のままに判断するには、あまりにも互いを知らなすぎると思うのです」

ただの貴族ではないだろう。それは、今までの言動や選択からわかっている。

彼が、なんらかの地位を継承しようとし、鍵となる誰かを探しているのも。

逆に、彼もマリアの背景はまるで知らないはずだ。不安ではないのだろうか。

――人柄に惹かれ、心に触れて、魂を求めた。背景となる家柄や理由をまるで知らず。

それはそれでいいだろう。旅の思い出となる恋ならば、決して悪くはない。

だがディートバルトは、二人の関係を、永遠かつ公式なものにと望んでいるのだ。

求婚を拒んだのに、恋人同士はありえない。

唐突に始まった関係は、やはり唐突に終わるものなのかとまぶたを閉ざすと、ディートバルトが一人で悩むなと言いたげな仕草で、マリアをより強く抱き締めた。

「今すぐ、俺が何者で、どういう目的で旅を始めたかは言えない。だが……」

なにかを覚悟するように言葉を途切れさせ、ディートバルトは告げた。

「明後日、総督府で仮面舞踏会が行われる。……そこで、俺の姉に会ってくれないか？　第三者を交えた場で話した方がいい。……おそらく、俺の説明だけでは、信じ切れないことや不安も出てくるだろうから。それまで、待ってもらえるか」

腑《ふ》に落ちない点は多くある。今話せないという部分が恐ろしくもある。

だけど、信じる男が最大限譲歩してくれたのは、眉間に刻まれた皺や、引き結んだ唇から理解できた。

第六章　離婚不成立という罠

総督府で開催されるだけあって、夕暮れから始まった舞踏会は素晴らしいものだった。

昼かと見紛うほど、たくさんのシャンデリアが灯された大広間に、色とりどりのドレスを着て集う紳士淑女。

奏でられる楽曲は優美で、隣の部屋に用意されたご馳走は、出席者が一晩中かけても食べきれない量だ。

華やかな空気に圧倒され、次いで、礼儀作法で失敗しまいかと緊張していたマリアだが、まるで心配はいらなかった。

というのも、仮面舞踏会だったからだ。

出席している貴族、富豪、芸術の大家——その誰もが仮面を付け、身分に構わず、打ち砕けた様子で語り、あるいは踊り騒いでいた。

海上都市ヴェネトの主産業は、外国との貿易および貿易中継。それに銀行業。

周りを海で囲まれているので、商売相手は近隣諸国だけに留まらず、西央海を挟んで対岸にある、熱砂の帝国アナトリアから東の果ての日出る国まで。

取引相手は多岐にわたり、常に複数の国と交渉や取引が継続している。

貴族を爵位で分けようにも、大国の伯爵と小国の伯爵では格が違うし、西方諸国と異教徒が多い東の国々では、言葉どころか風習まで違う。

とはいえ全員がヴェネトの客だ。相応にもてなす必要がある。

そこで仮面舞踏会という訳だ。

招待客たちは、正体が誰かわからないよう、奇抜な装いをして仮面を被る。

そうすることで、話を面倒にする身分の上下を取り払ってしまうのだ。

なんとも大雑把《おおざっぱ》な解決法だが、意外にこれが受け、もてはやされた。

相手の正体がわからない興奮や、奔放《ほんぽう》に振る舞う楽しさに加え、正体を知られない宴は、秘密の会合や、訳あり男女の逢い引きに適している。

揉め事には、熾烈《しれつ》な制裁をもって挑むことが徹底されているので、意外なほど安全に秘密の情報を交換することもできる。

だから、外交特使や王侯、時には、教皇庁の枢機卿《すうききょう》までもがまぎれ込んでいると聞く。

運河を移動するゴンドラの中で、ディートバルトが教えてくれたことを思い出しつつ、マリアは周囲に視線を巡らす。

あっちにターバンを巻いた男の姿があれば、こちらには深紅の法衣《ほうえ》を来た枢機卿。

隣は薄布の羽根を付けた妖精令嬢で、向こう側に娼婦の姿をした公爵夫人がいる。

外見と中身がどれほど一致しているかわからない。

中でも、狩りと月の女神に扮《ふん》した、背の高い黒髪の女性が、一際目を惹いていた。

葡萄酒を片手に、老いた皇帝や道化師姿の中年と談笑しているが、どうやら女性の身分が高いらしく、訪れる者は皆、ヴェネトの言葉で貴婦人を意味する〝シニョーラ〟という敬称を付けて挨拶をしていた。

（美しい方だわ。姿勢がとてもよくて、軍人のように律した仕草をされている）

女性はアデーレ、あるいはアデラと呼ばれているようだった。

古代を想起させる白絹の衣装に、黄金と宝石でできた月桂樹《げつけいじゅ》の冠。

肩に掛けた弓は黒壇と、細部まで徹底してこだわっている。

だが、仮装までしている者は全体の三割ほどで、大半は趣向を凝らした仮面だけで済ませている。

マリアはといえば、裾が魚の尾ひれのように広がる碧のドレスに、薄く削った銀盤を鱗《うろこ》に模した仮面と、童話の人魚姫を意識した装い。

傍らに立つディートバルトは、金糸模様の黒衣に梟《ふくろう》の仮面と、冥府の使者を思わせる姿だった。

人混みから守るように、マリアの肩を抱いているディートバルトを見上げ、思う。

今夜、彼が何者か知ることができる。

不安と恐れで胸が騒ぐ。

バーゼル帝国の高位貴族と、概《おおむ》ねの予想はできているが、それでも怖い。

「緊張しているのか」

いつもより、少しだけ硬い声で問われ、マリアは一拍置いて首肯する。

いいえと強がり、微笑みかけて、心許なさや動揺を、押し隠さなければならないのはわかっていた。それが無難で、いい行動だとわかっていた。

だが、ここに来て、本当の気持ちを隠すのもおかしいだろう。

肉親である姉に会わせようというのだから、マリアを娶ろうとするディートバルトの意志は、固い。

眼差しの真剣さからも、なにがあっても添い遂げようとする覚悟を感じる。

ともすれば、マリアの抱く不安など――元王妃であった過去など、ものともしない目算があるのかもしれない。

だけど、やはり、心は不安におびえてしまう。

今こそ、マリアへの想いが溢れているが、周囲に反対され続ければ、ディートバルトの気持ちも、きっといつかは摩耗《まもう》する。

父母から引き離され、泣き暮らし、周囲を弱らせていた五歳のマリアが、心の中で喚く。

無理を通したって、道理は曲がらない。

マリアだって、本音は父母に会いたかった。

人も羨む王妃の生活より、両親のぬくもりと愛だけを望んでいた。

だけど意地を張って拗ね、周りに頑なに反発し続けたって、いいことはない。

最初こそ、攫われてきたマリアに同情的であった離宮の侍女たちも、親に会わせろと泣き喚き暴れるマリアの癇癪《かんしゃく》に手を焼き、態度が冷たくなったり、意地悪になったりした時期があった。

あのまま我を張り続ければ、きっと皆に嫌われて、悪妻王妃の名を欲しいままにし、孤独に震えていただろう。

他人を不幸にする子どもなど、誰からも望まれない。

だから、自分が望まぬ王妃の虚像を纏い、幸せな道化を貫いた。

いい子にしていれば、優しくしてもらえる。

周囲に望まれるよう振る舞えば、嫌われて一人になることもない。

それを悟ったから、マリアは両親への思慕を捨てた。

親と男女の違いはあるが、人の心はそう違わない。

きっといつか、ディートバルトも、周囲の冷たさに気持ちが萎える。

マリアは、マリアの幼さと甘えだけを憎めばよかったが、彼の執着も望みもマリアだ。

手にし続ければ苦しむとわかれば、嫌われ憎まれることもあるだろう。

捨てられるのは、きっと今度もマリアだ。

——それが、辛い。

純潔も愛もディートバルトに捧げたが、世間的には、マリアは誰かに捨てられた妻。

貴族の伴侶に望むには、あまりにも瑕疵《かし》がきつすぎる。

自分とゲルダ。女二人で生きて暮らすには問題ない。——割り切り、自由に世界を満喫しようと考え、脳天気に離婚旅行だなどと浮かれていた、あの日の己に教えてあげたい。

この世界には、まだ、お前が知らない愛や悲しみがあるのだと。

『心穏やかに生き暮らすなら、決して旅に出たりしないのよ』と言い含め、二人の出会いから、なかったことにしてしまいたい。

（それなら、いっそ、五歳の自分に戻りたい。指輪など拾わずに済むよう）

両親との別れは辛かった。

だからディートバルトとの別れはもっと辛いに違いない。

こんなことではいけないのに、緊張と不安から後ろ向きな思考ばかりしてしまう。

うなだれがちになる首に力を込め、マリアは前を向いて唇を引き締める。

「大丈夫」

どうせ負ける戦いだとしても、情けない顔だけはすまいと思う。

肝心のマリアが逃げ腰では、骨を折って誠意を尽くしてくれた、ディートバルトの面目が立たない。

「……マリア」

ためらいがちに名を呼ばれ、恋人を見上げた時だった。

「ディートバルト様」

背後から、見知った男の声がした。――副官のヴァルターだ。

主であるディートバルトと同じく、ここのところ忙しく館を出入りし、一週間ほど完全に姿を消していた彼の声は、妙に疲弊し萎えていた。

「なんだ」

「それが。ラウエンブルグ選帝侯が、ご来場に」

どうしてか、彼は気遣うようにマリアを盗み見て、口ごもる。

「よりによって今日か。せめて明日以降であればよかったものを。存外、早く動いたな」

うんざりした口ぶりで返しながら、ディートバルトもまたマリアを横目で見る。

（なんだろう、先ほどから妙に気遣われている）

それにしても、ラウエンブルグ選帝侯とディートバルトはどういった関係だろう。

以前は、ディートバルトの上司か、あるいは本家筋の者かと考えたが、どうも違う。もっと複雑な事情がありそうだ。

「ご令嬢の件で、大層、気を荒らされています。順番が違う！　と。……今、ディートバルト様の義兄上殿が相手をされていますが」

「領地での冬眠をやめたかと思ったらこれか。招かれざる客にも程がある」

取り繕う気もないのか、眉間の皺を深くしながらディートバルトがうなる。

するとヴァルターも同調して肩をそびやかした。

「まさしく、穴蔵から出てきたヒグマです。殴りかかっては来ませんが、元外交大使だけあって、舌鋒《ぜっぽう》がとにかく鋭すぎます。嫌味でねちこい心理戦を展開して、相手する者の胃に、片っ端から穴を開ける勢いです」

「口八丁《くちはっちょう》、手八丁《てはっちょう》のヴェネト官僚どもが、情けないことを。……娘思いは結構なことだが、どうしたものか」

腕を組み、ディートバルトは天井を見上げてぼやく。

どうも、厄介事が起こったらしい。

マリアが側にいては、話しづらいだろう。

（それに、なんだか嫌な予感がする）

バーゼル帝国の選帝侯がディートバルトに、娘の件で順番が違うと怒鳴り込んできた。

大筋を整理できたと同時に、手がおのずと胸元を握っていた。

（駄目。今、考えちゃいけない）

呼吸を凝らし、心をなだめることに集中する。悪く考えてはいけない。

でも、やはりと、思考がぐるぐる巡りだす。

「あの……。私、やっぱり緊張しすぎて、人に酔ったみたいです」

言われる前に申し出る。

目線を上げると、ディートバルトが心配げに顔を覗き込んできた。

「……休憩できるよう、部屋を用意させた方がいいか？」

侍女のゲルダがいればディートバルトも安心だろうが、生憎、彼女は使用人用の控室までしか入場が許されていない。

指を絡め繋いだ手を、握ったり開いたりしつつ、浮かない顔で恋人が尋ねる。

うつむきがちにうなずくと、ディートバルトは、指先が震えてしまうほど強くマリアの手を握り込む。

「マリア。悪い方に考えたりしてはいないだろうな。もしそうなら、お前もラウエンブルグ選帝候と……」

「だい、じょう、ぶ」

抱き締められない身体の代わりにと言いたげに、繋ぐ手をきつく戒められて、マリアは、男の激しい執着におののく。

「……平気。本当に、人に酔っただけ」

いつものように笑う。

幸せに、幸せに。世界で一番、祝福された娘と見えるように。

離宮の隅で泣いていた五歳の子どもなど、どこにもいないと自分の過去を足蹴にしながら。

「マリア……」

顔を上げて、自分の心を叱咤《しった》しながらディートバルトに向かってはにかむ。

「ディートバルト様の姉君とお会いするのに、情けない顔色をしていては、変な心配や不安を抱かせてしまう。それが、嫌なだけです。少し休んだら元気になれる」

自分からもディートバルトの手を握り返していると、ヴァルターが申し訳なさげにマリアへ頭を下げた。

「待ってます。だから、気にせず行かれてください」

自分が行かなくては決着が付かないと知っているのか、ディートバルトはマリアと繋いでいた手を解く。

手が離れる一瞬、爪の先から指の背、甲と、愛おしむように指先で撫で、ディートバルトは溜息を吐いた。

「すぐ戻る。具合が悪かったら遠慮せず、誰でも使え。俺が許す」

「……ディートバルト様が許されても」

まるで、自分がこのドゥカーレ宮殿の主だと言いたげな口ぶりに、小さく笑う。

マリアが漏らした自然な笑い声で安心したのか、ディートバルトは、側にいた侍女に案内を任せ、ヴァルターとともに立ち去った。

具合が悪くなる女性も多いのか、お仕着せの侍女は、慣れた様子でマリアを誘導してくれた。

行き先は、舞踏会が行われている大広間の上にある小部屋で、こぢんまりとした室内に、寝椅子が二つに果物と水が用意された小卓が揃っていた。

始まったばかりだからか、マリア以外に部屋を使っている者はなく、時折、舞踏会で奏でられている音楽が漏れ聞こえる他は、静かなものだ。

「ふう……」

顔を覆っていた仮面を外し息を吐く。素肌に空気が触れる感覚が心地いい。

長椅子に座ってくつろぎ、気持ちを落ち着かせなければと思うのに、脚が棒になったみたいに動かない。

仮面を片手に、部屋の入り口に突っ立ったまま、マリアは目を閉じた。

——ラウエンブルグ選帝候と、娘と、ディートバルト。

その三つが結びつく条件が、一つだけある。

今まで、考えないようにしていただけで、本当はずっと以前から気づいていた。

ディートバルトもまた、バーゼル帝国の選帝候ではないだろうかと。

住んでいた国が辺境な上、社交界に出ていないマリアのことだ。

当代の選帝侯が誰で、どんな関係かは把握できていない。

それでも、噂ぐらいは聞こえてくる。

（確か、現皇帝の甥と、若いバーデンの選帝侯が、帝位を争い対立していたような）

ゲルダがすぐ破り捨ててしまったが、悪妻王妃とマリアをかき立て騒ぐ新聞の片隅に、政治記事として見出しがあった。

帝国の東を担うバーデンは、北のラウエンブルグと領地を接しており、縁が深い。

もし、ディートバルトがバーデンの選帝侯ならば、娘を皇后にと考えるのは自然なことだ。
三、四代ほど前にバーデン選帝侯から皇帝となった男もまた、ラウエンブルグの娘を皇后と選び、迎えていた。
（順番が違うというのは、あちらと婚約破棄かなにかをする前に、私の存在が知られてしまったということ？）

ディートバルトは、マリアを側に置くためにはなんだってやると口にしていたが、恐らく、ラウエンブルグ選帝侯を敵に回すこととなる。

対立する皇帝候補の人柄を知らないので、断じることは難しいが、ディートバルトほどの傑物はなかなかにいない。皇帝となれば、民にとってこの上ない幸いだ。

――その機会を、マリアが潰してよいものか？

身震いしつつ両腕を抱く。

汗が冷えたのか緊張によるものか、手に触れる肌はひんやりとしていた。

（予測するのはいいけれど、先走ってはいけない）

自分に言い聞かせつつ深呼吸していると、不意に背後が騒がしくなった。

どうやら、通路で言い争いをしている者がいるようだ。

巻き込まれるのも怖いので、鍵を掛けようとしたマリアの鼻先で、勢いよく扉が開かれた。

派手な音とともに男性が躓《つまず》き、転がるようにして床へ座る。

ぎょっとしていると、男性を罵る声が甲高く耳を刺す。

「なによ、なによなによ！　みんなして、私を馬鹿にしてっ！　陛下だってそう思っているのだわ！　だから結婚を待てなんて、酷いことを！」

「いや、それは」

おろおろと迷う情けない声に、うわっと思う。

かなりのなまりがあるが、これは――ポモーゼ王国の言葉だ。

転んだ弾みに仮面が取れた男が、顔を押さえながら立ち上がる。

恐る恐る盗み見て、マリアは心の底から後悔する。

（まさか、こんなところで元夫に遭遇するなんて）

どうして、この二人がヴェネトにいるのだ。

驚きながら、厄介事の気配を察知したマリアは逃げようとする。

だが、通路を塞ぐようにヨハンが前に立っており、室内に至っては休憩用の寝椅子しかなく、隠れるところなどない。

仕方なく、黙って気配を殺していると、痴話げんかをしていた女性――マリアから、夫を奪った伯爵令嬢イヴァンカが、ものすごい勢いで手を振り上げた。

「わっ！」

声を上げ、あっけに取られたのも数秒。

バチンと大きな音を立て、ヨハンの顔が張り飛ばされる。

（あっ、あれは、痛い……）

後ろにいたマリアにも聞こえるほど、首の骨が鳴ったのだから。

おまけに、よほど上手く平手が入ったのか、ヨハンは、その場に尻を突いてしまう。

暗殺者の仮装のつもりか、ヨハンは、頭から爪先まですっぽりと身を隠す、ドミノというマントを着ていたせいで、立とうとしては、自らの裾を踏んで二度転倒した。

運命の恋人であるはずのイヴァンカは、片割れが情けないことになっているのに手を貸さず、大砲を撃つような大声で叫ぶ。

「馬鹿！　陛下の馬鹿！　大嫌い！　役立たずの早漏！　下手クソ！」

伯爵令嬢としてはありえない悪口雑言を叩きつけて、怒り心頭のイヴァンカが走り去る。

（いたたまれない）

いくらなんでも元夫と、こんな状況で再会するとは。

だが、そうも言っていられない。

イヴァンカが立ち去ったとなると、休憩室にはマリアとヨハンだけになる。

身持ちだのなんだので、不名誉な噂を立てられないうちに去らねば。

幸い、扉は半開きになっている。

このまま気配を殺していれば、恋人を追って、ヨハンも立ち去ってくれるのではないかと期待し――無駄だった。

「いや、失礼。お見苦しいところをさらしてしまっ……」

赤く腫れ、爪痕さえ残る頬を抑えながら、不機嫌顔でヨハンが振り向き、マリアと目が合うや否や固まった。

「これは失敬」

冗談めかせつつ、マリアは横を通りぬけ、逃げようとする。

しかし、ドレスの裾をがっつりとヨハンに掴まれた。

「マリア！　お前、マリアだろう！　私の妻の！」

「元ってちゃんと付けてください！　なんなのですか。離婚したのに私の前に現れて」

かなり不条理な物言いだが、離婚という最大級の不条理を仕掛けられたのだから、少しぐらいやり返してもいいだろう。

「それはこっちの台詞《せりふ》だ。貴様、ドゥカーレ宮殿に現れるとは、さては私の金か、あるいは貞操を狙ってきたのか！」

どんな風に考えればそんな結論になるのか。まるでわからず、マリアは訴える。

「どっちもいりません！　いいから手を離してください。私たちは他人でしょう」

今日のためにと、ディートバルトが用意してくれた大切なドレスだ。乱暴にされて破られでもしたら、泣いて三日は寝込んでしまう。

そう考え、裾を軽く引いて、ヨハンに手を離すよう急かすと、彼はくしゃっと顔を歪めて泣きだした。

面識はほとんどないし、ヨハンと前国王の都合で人生を振り回されたマリアであるが、さすがに、困って泣いている人間を置き去りにできない。

しかも相手は、こんななりでもポモーゼ国王だ。

「痴話げんかですか……」

他に理由が思いつかず、話の種になればと問うと、彼はうんざりした風に頭を降った。

「痴話げんかと言えるかどうか。……もう一ヶ月ほど、毎日あの調子だ」

苦虫を噛みつぶしたような顔で言われても、マリアにはどうしようもない。

とはいえ、ヨハンは血が出るほど引っかかれている。

置いて逃げるのも気が咎めたので、マリアは部屋の奥へ行き、ハンカチを水差しの水で濡らしてヨハンに渡す。

「どうぞ。冷やされた方がよいかと。痣《あざ》になると困るでしょう」

差し出されたハンカチを受け取り、疑《うたぐ》り深《ぶか》さを隠さぬ態度でヨハンが立ち上がる。

「よくできた妻の態度だな。まったく、どういう計算をしているのだ？　あの時は、お前の方が、より離婚を望んでいるように見えたものだが」

「は？　いえ、その見立ては正しいですよ」

マリアが未練たらたらに、復縁を希望しているような話など、絶対にされたくない。

勢いよく頭を振って否定すると、ヨハンはマリアを頭から爪先まで二度眺め、肩を落とす。

「だとしたら、一体なんの陰謀だ。……………お前との離婚が、成立しないだなんて」

ぼそりとつぶやかれた言葉に目をみはる。

――今、ヨハンはなんといったか？

「離婚が、成立していない？」

予想もしない状況に、頭の中が真っ白になる。

一体どういうことだ。自分はまだ、王妃のままなのか。

きいんと耳の奥で甲高い音がして、足下があやふやになる。

周囲の世界から色が失《う》せ、息を継ぐ間合いさえわからない。

顔を青ざめさせるマリアを見て、ヨハンはぎょっとした様子で立ち上がる。

「おい、どうした。酷い顔色になったぞ。貴様が仕組んだことでは……ない、ようだな」

目の焦点すら合わせきれず、唇をわななかす。

「どう、いう……ことですか。離婚していないなどと」

「正確には、離婚の許可が下りないのだ」

ヨハンは、教皇庁に特免状を願い、寄付金を弾み、言われる通りの理由書を提出し、来月には——と、仲介役である枢機卿に言われていたのだが、唐突に、駄目だの一点張りに変わったという。

「問題はないはずだった。が、仲立ちしていた枢機卿が突然、自分は降りる、この件は認められないと手紙を寄越《よこ》し、それっきりだ」

枢機卿といえば、世界に二十六人しかいない高位聖職者だ。

教皇に次ぐ地位だが、宗教的象徴である教皇に替わり、ありとあらゆる実務を担う。

その枢機卿をして手を引くと言わしめるのは、よほどの権力者でしかありえない。

たとえば、西の大国ロアンヌの王やバーゼル帝国の皇帝など——。

「その枢機卿が、ヴェネトの総督に招待されて、今夜の仮面舞踏会に参加すると聞いたので乗り込んだのだが見つからなくてな。なのにイヴァンカは、私任せの観光気分で」

それで痴話げんかになったらしい。

「ということは、今もなお、公式的には、私とヨハン陛下が夫婦ということなのですか」

震える声で念を押すと、ヨハンは後頭部を乱雑に掻き乱しつつうなずいた。

「その上、国内では、お前が悪妻だという評判も覆《くつがえ》ってきている」

「なんですって？　一体、誰が、後ろ盾もない私の評判を守ろうというのです」

「むしろ、こっちが聞きたいぞ。……私の元だけならともかく、ポモーゼの議会にまで、イヴァンカ本人や、職をあてがった親族が横領しているという匿名の手紙まで届いてな」

腫れが引いたのか、ヨハンはマリアの濡れたハンカチを広げ、畳みと、落ち着かなく手遊びしつつ続けた。

「イヴァンカたちは、貴様のせいだ、マリアが罠に嵌めようとしているなどと口にしているが……。残念ながら、手紙の方が正しいだろう」

腐っても王族ということか。娘に対する色恋も、横領で醒《さ》めだしているようだ。

「裏付けが取れたのですか」

「まあな。それに、匿名とはなっていたが手紙の主はバーゼル帝国の高位貴族だ。印章を無地にしても、高価な色と香り付きの蜜蠟《みつろう》で封ができる者など、数が知れている。……まあ、バーゼルの者が、我が宮廷を騒がせる意味がわからないが」

マリアは唇を噛み、誰もいない廊下を見つめる。

意味はある。――自分の推理が正しければ。

「陛下は、最近の選帝候についてご存じですか」

聞くな。本人から説明されるまで聞いてはいけないと訴える心と、今、聞いて身を振らなければ、自分だけでなく、恋する男まで破滅すると顔をしかめる理性がせめぎ合う。

そんなマリアの葛藤に気づかず、ヨハンは道化じみた仕草で肩をすくめた。

「大まかなところは把握しているが、詳しい話になると外務官に聞く必要があるな。……どちらにせよ、うちは辺境の小国だ。さして相手にされてない」

父王が亡くなり、まだ喪も明けていない時期だ。

国内的には、ヨハンが王として扱われているが、外交的には、即位式を得て、初めて王と認められる。それまでは代理でしかない。

そんなヨハンに、詳しい話を聞くのは無理だろうか。

マリアが失望しかけた時。

「そういえば、今日の舞踏会では、やたらと選帝侯の話を聞いたな」

「え？」

ふと思い出したという様子で、ヨハンが首をひねる。

「ラウエンブルグ選帝侯の娘が、バーデン選帝侯に嫁ぐことに決まったとかで、乾杯している奴がいた。…………バーゼル帝国の次の皇帝は、バーデン選帝侯のディートバルトで決まりだと。ヴェネト総督の妻は、奴の姉だから……おい！」

ふらついたマリアに対し、ヨハンが声を荒らげる。

手助けを遠慮し、壁に寄りかかるようにしながら、マリアは喘ぐ。

「バーデン選帝侯、ディートバルト……様ですか」

ただ事でないと気づいたのか、ヨハンはわずかに声を強ばらせ、うなずいた。

「ディートバルト・フォン・バーデンだったか。以前は軍人として国防に関わっていたらしい。選帝侯としての統治能力も高く、中興の祖として有名なヴェンツェル帝のひ孫だとかで、人気のある皇帝と外見的に似ている点も、帝位争いに有利と言われていたが……」

泣き笑いの表情になりながら、マリアは誇らしささえ感じながら理解する。

やはりディートバルトは選帝侯で、しかも皇帝となる男なのだ。

(やっと、すべてが繋がった)

初めて出会った時から、皇帝のような男だと思っていた。

尊大なのに、不快さを抱けない。

凛々しい表情は頼もしく、困ったように眉を下げられると、どうにも、この人のために力になりたいと思わせる。

生まれながらにして人の上に立つ者だ。

統治者の資質を、長い年月をかけて磨き上げ、完成させるとこうなるだろう。

彼のことをなにも知らぬマリアでさえ、そう思えるほど、ディートバルトは君主に相応《ふさわ》しかった。

惚れているから王のように見えるのだと、自分を欺《あざむ》きながらも、王妃として――王の側に立つ女として育てられたマリアは、直感で理解していた。

これは王になる男だと。

確かめずにここまで来たのは、ひとえに自分の瑕疵《かし》故だ。

皇帝となる男の伴侶に、離縁された妻はありえない。

だが、〝書類上とはいえ、未だ他の男の妻である者〟など、もっとありえない。

離婚を阻止しているのは、ラウエンブルグ選帝候だろう。

娘の敵となる女が人妻であれば、わざわざ自分が策を練らずとも、恋人関係は破綻する。

(ひょっとしたら、ディートバルト様も、この件は折り込み済なのかもしれない)

帝都へ来い。隠れ家にしていた家で暮らせといっていたのは――婚約が破棄できなかった場合に備えた、伏線ではないか。

ラウエンブルグ選帝候の娘を娶り、皇帝となり、跡継ぎを作った後ならなんとでもできる。

それまでの間、マリアを――愛人、あるいは寵姫《ちょうき》として、隠れ家に囲うつもりだったのか。

考えれば考えるほど、マリアは、自分が歓迎されぬ身であることを痛感してしまう。

「駄目、急がなきゃ……」

準備をしてそのうち、などといっていられない。

今日明日にでも、彼の元を離れなければ。

マリアとディートバルトの関係は、どう取り繕おうが不義密通だ。

知られれば、ディートバルトは人妻を、それも他国の王妃を穢《けが》した者として断罪される。

ヨハンとの関係が書類上だけのものだったとか、マリアの純潔がディートバルトに捧げられたとか、法の前では無意味なことだ。

破滅を回避するには、ただ一つしか方法はない。

二人の関係が明るみに出る前に別れ——。

(二度と、会わない)

「っ、おい、貴様、本当の本当に大丈夫か！」

顔を覆い、嗚咽を塞ごうと息を詰めた弾みに、マリアは脚をふらつかせていた。

とっさに支えたヨハンの腕を振り払い、逆に、彼の身をすっぽり覆う黒マントを鷲掴む。

「陛下。……ヨハン陛下は、私と離婚して、イヴァンカ様と添い遂げたいのですよね？」

——悲しむのは後でもいい。今は行動しなければ。

黒マントごと、力任せにヨハンを引き寄せる。

今、彼を味方にできるかが、鍵なのだ。

「ま、まあ。イヴァンカと添い遂げるかは別にしても、幽霊のような、名前だけの王妃が傍らに居座るのは好ましくない……」

「だったら、このマントを、私に頂けませんか」

「は？」

仮面舞踏会のために、人魚姫を模したドレスは目立ちすぎる。

その点、ヨハンの黒マント――ドミノは、身分を隠したい参加者の必需品。

マリアの剣幕《けんまく》に押されうなずいたヨハンから、奪うようにしてドミノを剥《は》ぎ取《と》り被ると、マリアは髪を解き、マントの下でドレスを脱いでしまう。

「貴様！　なにを、この、馬鹿が！　男の前で服を脱ぐなど」

動転したヨハンが、目を覆った手の隙間からこちらを見て叫ぶ。

「そんなことはどうでもよいのです！　黙っていて！」

脱ぎ捨てたドレスを腕に拾い上げ、肌が見えないように気を遣いながら、それを窓から外へ――総督府の裏を流れる運河へ捨ててしまう。

ドレスの裾が、真っ黒な水面に触れた瞬間、言い様もない痛みがマリアの胸を貫くが、感傷に浸っている暇はない。

振り返ると、人外の魔物でも見るような目で、ヨハンがマリアを見ていた。

「なん……。貴様、頭は大丈夫か」

「大丈夫に決まってます。……いいですか。これから言うことをよく聞いてください」

ヘタレかつ田舎の小国とはいえ、一国の王に対する口ぶりではない。

けれど、ことはマリアだけでなく、マリアが恋した男の――ディートバルトの進退にも関わっている。

「私が去って、後に誰かが来たら、女が運河に身を投げた。理由はわからないと伝えなさい」

急がなくては。

ラウエンブルグ選帝侯の怒りを収めたら、ディートバルトがここに来る。

運河に身を投げたと聞き、ドレスが浮いていれば、確認のために底を浚《さら》うだろう。

どれほど時間を稼げるかわからないが、とにかく、彼を足止めし、その間に身支度して逃げなければ。

彼がどんなに望もうとも、未だ人妻であるマリアは、ディートバルトの花嫁になれない。

けれどディートバルトは諦めないだろう。

数年、数十年掛かろうとも、悪評が立とうとも、マリアを伴侶にしようとあがき――苦しみ、名誉も信頼も失ってしまう。

皇帝になろうとする男がそれでは、民まで巻き込みかねない。

――だけど。

(私が、消えれば、すべて上手く回るはず)

マリアがいなくなれば、ヨハンはイヴァンカと結婚できる。

マリアがいなくなれば――ディートバルトだって諦める。

いずれ彼は、ラウエンブルグ選帝侯の娘を伴侶とし、皇帝として輝かしい未来を歩むことだろう。

　マリアさえいなければ。

　五歳の娘が耳の奥で泣いている。諦めたくない、諦めたくないと。

　だけど、十八歳のマリアはわかっている。

　諦めて、自分の意志さえ捨ててしまえば、皆が楽で幸せになれると。

　自分の幸せからは目を逸らし、周囲の幸せを受け入れ、叶え続けていれば。

（よい子でいれば、どこかの片隅に居場所が貰える）

　部屋に閉じ込められ、食事を抜かれて飢えることも、寒さに震えることもない。

　離宮に閉じ込められていた自分は、そうやって生き延びた。だから今度も同じこと。

（自分の気持ちを犠牲にすれば、きっと、誰からも嫌われないし、悪いことになどならない）

　ディートバルトを不幸にすることも、彼から憎まれるようなことにもならないはずだ。

「ま、待て！　知らないからな！　知らないからな！　貴様がやることなんて、私の責任ではないからな！」

　ドレスを捨て、黒マントの下はパニエとシュミーズだけとなったマリアは、背後で、ヨハンが喚くのを聞き流しながら回廊をひた走る。

今宵《こよい》が仮面舞踏会だったのは幸いだ。奇矯な姿と行動を取っても疑問に思われない。

たくさんの布や宝石が縫い付けられたドレスがなければ、驚くほど身は軽い。

（ゲルダ……。ゲルダに伝えて、すぐ逃げなきゃ）

あっという間に階下へ行き着き、マリアは礼儀を無視して中庭を抜け、参加者の従者や侍女がまつ控え室へと急ぐ。その方が近道だったからだ。

芳《かぐわ》しい檸檬《れもん》の木立を抜けた先に、見慣れた侍女の姿を見つけマリアは安堵に息を漏らす。

だけど、それまでだ。

彼女は、今までに見たこともないような、幸せそうな顔で前に立つ男性を、ディートバルトの副官をしているヴァルターを見つめている。

息をつめ目を大きくするマリアの瞳は、彼女の左手薬指に、真新しい指輪が嵌めてあるのを見つけてしまう。

（あ……）

数日前の出来事を思い出す。年下の侍女にヴァルターと恋仲だとからかわれていたゲルダを。

（駄目だ。ゲルダは、一緒に、行けない）

頭を殴られたような衝撃を受けながら、マリアは黙ってきびすを返す。

ずっとマリアの味方で、側に居てくれた。頼りがいのある姉だと思っていた。

マリアが行くといえば、忠実な彼女は付いてくるだろう。だけどそれは、やっと幸せを手に入れた彼女の不幸を意味する。

――マリアの恋は、マリアのものであって、ゲルダのものではないのだ。人生もまた同じ。

だからマリアは、独りぼっちで旅を続けなければならない。皆の幸せのために。

マリアさえ、犠牲になって、我慢すれば誰もが幸せになれるのだから。

こんなに思いっきり走るのは、子どもの頃以来だろうか。

急激な運動に、キリキリと痛む肺を無視して進むうち、やっとドゥカーレ宮の東口に出た。

歌劇があった、聖マルコ総督府前広場の裏側で、玄関を出て段を下りると、すぐに、パラッツォ運河に面した船着き場となる。

海上都市ヴェネトらしい光景に、マリアは気を払う余裕もない。

衛兵や、旅客を待つゴンドラの漕ぎ手が、松明《たいまつ》をかざし談笑する中、一目散に水面へ向かう。

運よく、一艘《そう》のゴンドラが船着き場から離れようとしていた。

声を張り上げてゴンドラを止めたマリアは、勢いのままに飛び乗ろうと走り込む。

その時だ。

「マリア！」

耳に馴染んだ男の声が、稲妻のように大きく響く。

駄目だとわかっていながらも、マリアの身体は恋する男を捜し振り返る。

「来ちゃ駄目！」

喉が痛むほど叫び上げ、引いた後ろ脚を、船縁《ふなべり》に預けようとする。

「馬鹿が！」

男の怒号が周囲を震わせ、ゴンドラを踏むはずだったマリアのかかとが、宙に浮いた。

え、と思った時にはもう遅く、マリアの身体は背後から大きく傾き、船着き場の縁から運河へと投げ出される。

キャーッと、自分の者でない女性の悲鳴が巻き起こり、一拍遅れて、水音が響く。

夜の闇に染まる運河に、白い飛沫《しぶき》が大きく上がる。

背中から叩きつけられる痛みに顔をしかめたのも一瞬、たちまち身体が海水に包まれた。

舞踏会用の豪奢なドレスを脱ぎ捨てても、裾を膨らますパニエなど、女が身に纏う布は多い。

水を含んだ布が手足に纏《まと》わり付《つ》き、マリアは為《なす》す術《すべ》もなく川底へと沈んでいく。

開いた口から、白い泡が盛んに上る中、夜空に浮かぶ満月の光だけが妙に美しい。

暗く、奈落のように深い水の中へと沈みながら、マリアが呆然としていると、少し離れた場所で水柱が立ち、黒い影が運河を過る。

随分、大きな魚だと考えたのも束の間。

しなやかな身体の線や、力強く波を掻く腕から、それがディートバルトだと気づいてしまう。

頭を振り、来ては駄目だと叫ぶ。

だけど声は出ず、代わりに、開いた口から、塩辛い水が一斉に流れ込んでくる。

苦しい。

だけど、それより、沈む自分を見て必死となる、ディートバルトの方が苦しげだ。

酸欠となった脳がちかちかと明滅し、ふと意識が途切れた刹那。

水面に向かい伸ばしていた腕が掴まれ、マリアは、流れに逆らい引き寄せられた。

（あ……）

冷えた身体に、しっかりと巻き付く男の体温に目を開ける。

すると、泣いているのだか、怒っているのだかわからない表情のディートバルトが、マリアを抱き寄せ、荒っぽいやり方で口を塞ぐ。

気泡と水がない交ぜになるマリアの口腔に、ディートバルトの舌が差し込まれた。

死にゆく状況とは真逆の熱と、生々しくぬめる感触。

それらに気を奪われ、目を見開いた途端、乾いた息吹《いぶき》がマリアの肺へ吹き込まれた。

ふうっと、呼吸が楽になる。

生存へ繋がる心地よさに目を細めれば、ディートバルトが、川底に穿たれている丸太の杭を蹴りつけた。

沈んだ時とは逆の動きで水面へと運ばれる。

たゆたう藻が脚に絡んだが、ディートバルトの意志と力にはかなわなかった。

派手な音を立てて水面に顔を出すと、騒ぎに集まってきた衛兵やゴンドラ乗りたちが、松明やらランタンやらをかざし、二人のいる運河を照らしだす。

炎の揺らぎが水面に反射する中、立ち泳ぎしながらマリアを支えていたディートバルトが、初めて、心の底からマリアに怒る。

「この馬鹿が！　運河に身を投げる偽装《ぎそう》も許し難いが、本当に運河へ落ちる奴があるか！」

「だっ、だって……！　だって！」

痛いほど強く抱きしめられ、食いしばった歯が擦れる音を漏らすディートバルトに、拙《つたな》くマリアは訴える。

「そうしないと、だって、そうしないと、貴方に迷惑を掛けてしまう。迷惑を掛けると嫌われるの。知ってるの。私がいなくなれば、全部全部、上手く行くはずなんだって……！」

なんら意味の通らない訴えを、ディートバルトはすぐさま斬り捨てる。

「そんな訳があるか！　いいか、もう一度でも、身を投げたり、俺の側から姿を消そうとしたりしてみろ！　ポモーゼどころか、このヴェネトにまで進軍して、塵芥《じんかい》さえ残らないほど、滅ぼし尽くしてやるからな！　愚帝だろうと、クズと呼ばれようと構わん！」

私情にまみれた宣戦布告だ。

しゃくり上げるマリアの前で、ディートバルトは、さらに歯を剥き出しにしてうなる。

「お前を失わなければ手に入らない帝冠などに興味はない！　マリアだ！　俺の一番なのも、大切にしたいのも！　愛したいのも、お前だけだ。それを頭と身体に刻み込んでおけ！」

鼓膜が痛むほど叱り飛ばされれば、マリアだって反発の一つもしたくなる。

「できるものならやっています！　でも、貴方の側に居られるはずもないでしょう！　私、まだ、人妻なのですよ⁉　離婚が成立していないのに、貴方と添い遂げようだなんてッ！」

周囲の野次馬《やじうま》に聞こえるとか、そんな配慮はまったく働かず、胸に凝る澱《おり》をぶつけるようにして気持ちを吐露する。

「頭と心に刻んでも、無理は通らないって知っているもの！　どんなに泣き喚いても、父様にも、母様にも会えなかったのだから！」

ふ、と最後の息を吐き出すと、なぜだか鼻孔がつんと痛み、マリアの両目から涙がぼろぼろとこぼれだす。

気がついたら、十八歳とは思えない幼さで、マリアはわああっと泣きだしていた。

しゃくり上げ、鼻をすすり、嗚咽に喘ぐ。

望まぬ王妃という立場を受け入れてから、十三年ぶりの号泣なことに、マリア自身が気づいていない。

感情的で周囲を考えず、気持ちのままに笑い泣く五歳のマリアと、自分より他を優先し、誰よりなにより王妃らしくあろうと、己を殺し微笑み続けていたマリアが、ディートバルトの腕の中で、なんの違和感もなく一つになる。

「好き。好き。愛している。ずっと側にいたい。貴方を幸せにしたい。幸せにしてほしい。でも、どうすればいいかわからない。わからないの！」

身も世もなく、感情のままに泣き喚くマリアに、ディートバルトは怒り猛るでもなく、呆れるでもなく。ただ、愛おしげに微笑みかけ、好きにさせる。

その一方で、足で水を蹴って船着き場まで辿《たど》り着《つ》き、マリアを岸辺に上げてしまう。

立ち上がることもできず、ぺたりと石畳の上に座り込んでいるマリアの前に膝を突き、顔を覆う銀髪を綺麗に後ろへ撫でつけてから、額を合わす。

「心配せずとも。お前は誰の人妻でもない」

「……え？」

状況がわからないのか。だったら説明しなければと口を開くが、水の冷たさと感情の混乱から、まるで声が出ない。

呆然としているとディートバルトは笑いながらマリアの唇を奪い、告げた。

「ポモーゼ王ヨハンとお前の婚姻は無効だ。教皇庁の認定も得ている。……最初から、結婚していない男女を、離婚させられるわけもないだろう」

馬鹿め――と、愛情たっぷりにからかう、ディートバルトの声を聞いたのを最後に、マリアはふつりと気を失った。

第七章　悪妻王妃の離婚旅行は愛され新婚旅行に変更です！

聖マルコ総督府前広場にある有翼獅子《じし》の彫像に、夏の鮮やかな光が反射する。

(歌劇を見た夜から、一月近くが経つなんて)

遠くへ目をやれば、今しも、舞台となった船舶の影が見えそうだ。

つい昨日のように感じるのは、同じ客室に滞在しているからだろうか。

銀の輝きに目を細めていたマリアは、扉が開く音で振り返る。

甘く濃厚な百合《ゆり》の香りが先に届き、一拍遅れて、両腕に抱えるほどの大きな花束と、それを手にしたディートバルトの姿を認める。

「まあ！　また、お花！　そんなに毎回持ってこられては、足の踏み場もなくなるわよ」

マリアが過ごす寝台の横で、軍事総論という、いささか女性には不向きな本を読んでいたアデーレ、――ディートバルトの姉が呆れかえる。

「婚約者が気鬱にならぬよう配慮しろと。そう言われたのは姉上だ」

「だからって、朝昼晩と三度も花を選ばれても困るのよ。菓子とか、気晴らしになりそうなものは、他にもあるでしょう」

アデーレが指摘すると、急にディートバルトは不満げな顔になり、ぼやく。

「……そちらは、ラウエンブルグ選帝候に任せている」

悔しげかつ、拗ねた様子に、見守っていたマリアはついに吹き出す。

スミレの砂糖漬けやら、蜂蜜の掛かった糖衣菓子などを、嫌というほど持ち込んで、マリアを喜ばせようとした父の話が伝わったのだろう。

十三年ぶりに再会した父――ラウエンブルグ選帝候は、戸惑いながらも目を潤ませ、自分と同じ色を持つマリアの髪を、何度も、震える手で撫でていた。

目尻の皺に、輝きが薄れた銀髪と、年齢と苦労を重ねた痕跡こそあったが、表情の優しさや、不器用に笑う様子は別れた時のままで――だからこそマリアも素直に、自分がこの人の、ラウエンブルグ選帝候の娘である現実を受け入れきれた。

話したいことや聞きたいことは山ほどあったが、一週間前に溺死しかけたことや、さまざまな出来事がありすぎたため、落ち着いた時間が取れなかったのだ。

なにより、マリアが床に伏していたことが大きい。

(夏風邪ぐらいで、大げさだとは思うけれど)

運河に転落し、ディートバルトに助けられた翌日から、マリアは熱を出し、咳に喉を痛め――やっと今日、床上げになったのだ。

それでも、長話は身体によくないと侍医に釘を刺され、親子が再会を喜ぶ時間は半刻に限られていた。

待ちきれない様子でお見舞いに来た父――ラウエンブルグ選帝侯クラウスは、医師に促され部屋を辞した後も、五歳のマリアはこれが好きだった。あれを喜んでいたと、思い出だらけの手紙を添えて、桃色をした熊のぬいぐるみやら、お菓子やらを、雪崩《なだれ》のように送り届け続けたのだ。

おかげで、格調高かった最上の客間は、幼女が夢見る子ども部屋といった有様である。

「父のお見舞いを聞いたなら、特に、なにも持たずとも」

「そうは行くか。……手ぶらで訪れれば、能なしの婿だのなんだの、お前の父親がネチネチうるさい。嫁をいびりたがる小姑《こじゅうと》か。なんだかんだ理由をつけてマリアを独占しようとして」

眉を引き下げ、本当に嫌そうな顔をしてディートバルトは溜息をこぼす。

「あっちが我慢すればいいのだ。俺は、この先二ヶ月も、マリアと会えなくなると言うのに」

そうなのだ。来週にはバーゼル帝国に戻ることになっているのだが、まっすぐ首都に戻らねばならないディートバルトに対して、マリアは一端、生まれ故郷のラウエンブルグ選帝侯領へ戻り、そこでしばらく両親と暮らすことになっている。

とにかく母が会いたがっているというのだ。なんでも、マリアが攫われたことに気を病み、領地を出ることもできないほど身体が弱っているのだとか。

「父によると、どうせ結婚するのだから、今はディートバルト様が我慢せよと」

「だからって、目鼻の先にいる婚約者の面会を妨害するやつがあるか。クソ親父め」

口は悪いが、本気で忌み嫌っているわけではない。

というか、二人がいがみ合うとマリアが悲しむので、愚痴を言い合うことで、痛み分けにしているのだろう。

実際、父も、ディートバルトの話題になると、不機嫌そうに眉間を寄せ、ふんと鼻を鳴らしては、若造、若造と繰り返していた。

「私は、大好きなディートバルト様が来てくださるだけで、元気になれるのですけれど」

素直な気持ちを言葉にすると、ディートバルトはぱっと顔を輝かせて寝台に腰掛けてくる。

「……ああ、百合を飾る花瓶がないわ」

恋人たちののろけにうんざりしたのか、アデーレが、艶《つや》やかな黒髪を背になびかせながら、部屋を出る。

きっと、しばらく、戻ってこないつもりだろう。

弟を散々扱《こ》き下ろす女傑ではあるが、恋の勘所はわかる人なのだ。

（二人きりになると、やっぱり気恥ずかしい）

マリア一人が勘違いし、暴走の果てに起こした騒動は、バーデン選帝侯ディートバルトが、その婚約者と引き起こした、壮大な痴話げんかとして片付けられた。

（ヨハン陛下が、あの性格だったから、間に合ったといいますか）

うつむいたマリアは、喉元を飾る金の飾り鈴を順番に指で辿る。

マリアの手元に一つ。父の手元に一つ。そして、乳母の遺族からディートバルトが譲り受けた一つ。　合計五つの飾り鈴が、十三年ぶりに並び揃って、マリアの首に掛けられている。

それを指で突き、しゃらしゃらとした音を鳴らしながら思う。

あの夜、マリアが部屋を飛び出て数分もせぬうちに、ディートバルトが迎えに来た。

マリアの残り香があるのに姿がなく、しかも、半泣き顔のヨハン——夫だった男が居るのを見て、ディートバルトが冷静でいられるはずもない。

男としても、君主としても、圧倒的に上のディートバルトに睨まれたヨハンは、底が剥《は》がれた革靴より簡単に、部屋で起こったことをカパカパと話しだした。

もし、ヨハンが勿体ぶったり、その場から立ち去ったりしていたら、マリアが見つかるまで、もう少し時間がかかっただろう。

——朝まで見つからなかった場合は、義兄の総督に頼み、ヴェネト中の港を閉鎖させるつもりだった。

人妻であると勘違いし、二人の関係が不義と責められることを恐れたマリアが逃げるなら、ディートバルトの権力が及ぶ大陸ではなく、海を越えた別の国だろう。

そうでなくとも、ここは海上都市だ。船を使わなくては、どこにもいけない。

個人では一つ、二つの波止場しか抑えられないが、国家元首の軍事命令なら問題ないという訳だ。

（それにしても、力業……）

ちらっとディートバルトを盗み見て、苦笑する。

――最初から、結婚していない男女を、離婚させられるわけもない。

そう言ったように、ディートバルトは論と証拠を提出し、教皇庁との政治取引によって、マリアとヨハンの結婚を無効にしたのだ。

マリアが嫁いだのが五歳。

そこから今まで一度も、結婚成立条件――ようは、夫との床入りを、果たしていないというディートバルトの主張が採用された形だ。

道理を折って無理を通したいなら、反対側の天秤皿《てんびんざら》が浮くほどの、金と権力を叩きつけてやればいい。

そんな風に悪い君主ぶっていたが、裏では、マリアが幽閉されていた離宮を突き止め、そこに務める者たちの証言や、外部からの来訪記録といった、細かい証拠を集めたことを、マリアはちゃんと知っている。

実際、マリアの夫となったヨハンは、結婚した日と離婚した日、それも数時間、衆人環視の中でしか会っていないのだから、夫婦の契りなどあったものではない。

ディートバルトが頻繁に外出していたのも、彼の副官であるヴァルターがしばし姿を消していたのも、全部、結婚無効を承諾させる根回しのためという訳だ。

しかも、ポモーゼの宮廷記録や新聞社にまで手を回し、マリアの悪評を徹底的に打ち消し、ヨハンを誘惑した伯爵令嬢イヴァンカの横領などを暴き、綺麗さっぱり片付ける始末。

(私が嫁いだ後、嫌な噂とならないように、気を病んで後悔しないように。一つ一つ、丁寧に問題を処理し、準備してくれていただなんて)

どのように王や教皇庁を脅し、知り合いの貴族らに根回ししたか。

アデーレが弟の所業を、かなり呆《あき》れ気味《ぎみ》に教えてくれた。

バーゼルの帝都にある隠れ家についてもそうで、愛人として住まわせるという意味ではなく、単純に、ポモーゼとの文化や発音の違いなどに慣れるために使えという意味だったとか。

実際、ディートバルトと結婚すれば、彼の個人財産はマリアのものも同然なのだから、おかしな話ではない。言い方が足りないだけで。

『マリアの許しを得ずにやったことで、謝罪が必要なのは、結婚を無効にしようと暗躍していたことと、飾り鈴をラウエンブルグ選帝候に送りつけたことぐらい』だそうだ。

二人が身体を重ねた翌朝、マリアが足首に巻いていた飾り鈴から、探している娘ではと推測したディートバルトは、わざと金鎖を千切り、修理を申し出ることで預かり、そのまま、娘を見つけた証拠として、ラウエンブルグ選帝候に送りつけたらしい。

だが、マリアの父であるラウエンブルグ選帝侯は、反応しないだろうとディートバルトは考えていた。

贈ったのは鈴であって娘でない。

娘を探せという命題は、選帝会議を無視する言い訳ではないかと、疑っていたのだそうだ。

だが現実には、ラウエンブルグ選帝侯クラウスは、一月も置かずヴェネトへ駆けつけた。

菩提樹の飾り鈴は特殊で、外観はいくらでも複製できるが、音を出す仕組みだけは真似できないのだという。

球の内部に、オルゴールと同様の振動板が溶接されており、中に込められた鉄球が、その振動板の櫛《くし》を転がり倒すことで音が鳴る。

妖精の鈴ともいう特殊な仕掛けで、中を分解して丸写ししなければ、同じ振動板——つまり、音色が作れないのだとか。

仮面舞踏会にお忍びで参加した父クラウスは、陰から見ただけでマリアを娘と確信し——。

つらつらと今までを振り返っていたマリアは、自分のうなじに手を当て、赤くなる。

「どうした。首が痛むのか」

心配げに顔を覗き込まれるが、今日だけは、素直に感謝しづらい。というのも。

「……父から聞いたのですが、どうにも私は、ここを悪い虫に食われるらしく」

上目遣いで伝えた途端、ディートバルトがぶはっと吹き出し、笑いに肩を震わせる。

(順番が違う。って……愛人といちゃつきたければ、婚約者に了解を得ろとか、そういう意味だと思っていたけれど)

――言うだろう。それは。

耳の裏側と首の付け根に、情事の名残とわかる鬱血《うっけつ》の朱が散っていれば。

幼女の頃に生き別れとなり、十八の乙女として目の前に現れた娘が、とうに処女ではないと知れば、普通の父親は怒る。

しかも相手は、娘を見つけ出した張本人。

父親に娘の存在を伝える前に、美味しく頂きました――などと。

いずれ結婚を打診されるとか、皇帝になる男だとか、そんなことは知ったことではない。

見つけた端から、お手つきにされたのだ。

まさしく、冬眠から叩《たた》き起こされたヒグマのように、怒りまくるに決まっている。

「とてもとても、心配されました」

マリアにしては珍しい皮肉に、ディートバルトはニヤリと笑う。

「心配もするさ。俺の麗しい婚約者殿は、悪い虫が触れただけで、肌のあちこちが赤くなる」

ぬけぬけと口にし、ディートバルトはマリアの銀髪を払い、剥き出しとなったうなじへ顔を伏せる。

「っ……、ぁ」

不意打ちの口づけにびくっと身を跳ねさせ、震えると、そんな反応が愛おしいとばかりに抱き寄せられる。

「や、駄目……見えるとこは、嫌」

ちゅ、ちゅ、と可愛らしい音を立てて口づけ、次には、艶めかしく舌で肌を舐め嬲る。

そんなことを繰り返されるうち、マリアの全身が朱を帯びて火照る。

「ほらな。すぐに赤くなる」

悪い虫の自覚はあるが、改める気がないようだ。

羞恥にくねる様子に煽られたのか、ディートバルトは焦れた動きで、マリアの肩を押す。

あっという間に寝台に組み敷かれたマリアが、銀の髪を波打たせつつ頭を振る。

「だっ、駄目……っ、です。床上げしたけれど、お見舞いは半時間と」

「医師の注意か？　あれは嘘だ。お前の父親が、この部屋に入り浸らないように、俺が買収しておいた」

「ッ…………！」

さらりと、とんでもないことを言う婚約者に目を剥くが、相手はまるで意に介さない様子で、マリアの部屋着をくつろげていく。

「アデーレも夕食まで戻ってこないぞ。ゲルダとアンナはお遣いに出した。ヴァルターには、急用でも来たら殺すと伝えている」

部屋を訪れそうな者の名を嬉しげに上げ、邪魔したと自慢されて半泣きになる。

計画的だ。

ディートバルトは、実に計画的にマリアを抱こうと仕組んでいる。

「ひ、昼間ですから！」

「今更か。……初心なことを言っても煽られるだけだ。諦めろ。それに、約束しただろう。

……心にも身体にも俺を刻みつける。愛されていることを忘れないように」

身を捩り、なんとかはしたない時間を回避しようとするが、かえって楽しげに腕を取られ、
服に手を掛けられる。

「もう、駄目ですってば……！」

服の結び目をほどき、左右にくつろげようとしていたディートバルトは、幼児のように頬を
膨らますマリアを見て手を止め、幸せそうに目を和ませた。

「拗ねたか。いいぞ。……大丈夫だなんてつまらん言葉で、マリアの心から追い払われていた
頃より、ずっといい」

そんな風にからかいながら、鼻先や頬へと、しきりに口づけを落とす。

顔に触れ、形を探っていた男の唇は、甘い疼きにマリアが喉を仰け反らせたのを切っ掛けに、
顎から首、鎖骨へ、征服する場所を広げていく。

小鳥のようについばんで、手でマリアの後頭部を乱し、指の合間から銀髪が流れる様を愉し

みながら、ディートバルトはどんどんと、愛撫に熱と淫靡さを込めていく。

興奮し、行為にのめり込もうとする婚約者に落ち着いてほしくて、そして自分も落ち着きたくて、マリアはシーツの上で身を捩り逃げるが、男の四肢で身体が閉じ込められているので、どうにもならない。

どころか、布同士が擦れたせいで、足首まであった部屋着の裾が、太腿辺りまで擦れ上がっていた。

絹地が柔肌を撫でる感覚で、そのことに気づいたマリアは、息を詰めて動きを止める。

「どうした」

余裕たっぷりの表情で問われ、どんな顔をすればいいかわからない。

裾が乱れたと伝えれば、きっと嬉々《きき》として責めの手を下肢へ回される。

「どう、も、こうも……。その、やはり、不適切かと」

もじもじと脚を擦り合わせながら、少しだけ身を起こす。

二人が新婚と偽って滞在していた屋敷と違い、ここは、余所の国の宮殿だ。

人払いをしたと言っても親しい人だけ。いつ医師や客が訪れてくるか知れたものではない。

こうして二人がいちゃついている間にも、侍女などが掃除や案内と、扉の向こうの回廊を行き来し働いているのだ。服が乱れるほどの愛撫には抵抗がある。

目で訴えつつ、マリアが部屋着の裾へと手を伸ばしていると、剣呑《けんのん》な眼差しを見せつけながら、ディートバルトがその手首を取る。

「マリア」

はしゃいでいた先ほどとは違う、一段低い、真剣な声に肩がびくつく。

「仮面舞踏会の夜、お前の姿が消え、お前の着ていたドレスが水面に浮かんでいた時、俺がどんなに心を痛めたかわかるか」

うっ——と、息が詰まる。

それを言われては、マリアは恐縮するしかない。

ディートバルトの未来を考えての行動とはいえ、恋人が死んだと思わせようとした。

あの時は、ともかく、二人の関係が不義密通となるというヨハンの言動に混乱しており、気持ちに余裕がなかったが、もし、逆の立場だったらと考えると、うなだれてしまう。

「ごめんなさい……」

「しかも、ヨハンとかいう、益体《やくたい》もない元夫もどきを締め上げ、追いつけば、来ないでとか言いながら、本当に運河に身を投げるし」

「あれは事故です！　死ぬつもりは……ッ！」

ぎょっとしながら否定する。死ぬつもりなんてなかった。

ただ、遠い土地からディートバルトの幸せを願い、思い出をよすがに生きられればとか、そんな、感傷的な気持ちではいたが。

あわてて目を泳がすマリアの前で、ディートバルトはうつむき、はあああっ――と、わざとらしげに嘆息する。

「だとしても、俺の前から消えようとした。――そのことについて、まだ、見返りを頂いていないんだが」

そうですね、すみませんと謝罪を重ねようとして、彼の言葉のおかしさに気づく。

「み、見返りって……」

反省しろではなく、見返りとはどういうことだ。

驚きに目を剥くと、顔を伏せていたディートバルトの口元が、変な風に歪み、笑いの発作に痙攣していた。

マリアの視線で、嘘がばれたと気づいたディートバルトは、いっそ気持ちいいほどのニヤニヤ笑いで、恐ろしいことを言いだした。

「見返りがお気に召さないなら、お仕置きと言い換えてもいいな。……こんなにお前を愛する男から逃げようだなんて。罰当たりめ」

そこで言葉を句切り、彼は、とんでもない提案をする。

「だから、お前から、俺を求めてみせろ。逃げたり、離れたりしないという約束に」

そうすれば、服を脱がすのだけは我慢してやる。などと傲慢に言う。

「でも、どうすればいいか」

どうにも拒否できそうにない雰囲気に、マリアはごくりと喉を鳴らす。

「簡単だ。俺の目を愉しませ、心のままに触れ、お前も気持ちよくなればいいことだ。……そうだな。手始めに、自分で慰めてみるのはどうだ」

言うなり、マリアを腕にかき抱き、寝台の上に寝転び、仰向けとなる。

天と地が一瞬にして入れ替わり、組み敷かれていたはずのマリアは、ディートバルトの身体の上にまたがる形で引き起こされる。

「ほら」

目を白黒させるマリアの手を取り、胸に導きながら、ディートバルトは興奮と期待に目を輝かせていた。

「……ッ」

手をもじもじと胸元で動かす。

自分で触り、快楽を追い求めて乱れるなど、そんなはしたないことはできない。

そう思う一方で、自分からも、ディートバルトへなにかしたいという衝動も強まる。

今までマリアは、快楽に流され、欲望を受け止める抱かれ方しかしてこなかった。

普段もそうで、ディートバルトの愛に溺れ、甘やかされるばかり。

恋人であるならいいだろう。だが、今や二人は婚約者同士であり、遠くない将来、永遠の伴侶となる。

愛玩されるだけでなく、歓びと苦難を分かち合う関係となるためには、マリアもまた、変化しなければならないのでは？

思い立ったと同時に、マリアは唇を引き締める。

恥ずかしさに身悶え、肌を真っ赤に染めながら、拙い動きで胸を揉みだす。

「っ……」

服越しにもわかる弾力に、自分で驚く。こんなに柔らかく、大きかっただろうか。

マリアの手には少しだけ余る乳房を、ぐっと掴んで揉みしだく。

ディートバルトにされたことを思い出しつつ、呼吸に合わせ捏ね回すと、鼓動が逸《はや》り、心地よい振動が肉に染みる。

「ふ、ぅ、……っ、ぅ」

息を殺したまま、双丘を愛撫し続けるが、どうしてだか物足りない。

うずうずとしたものが肌をざわめかせるが、いつものような高揚感は湧いてこない。

指の力が足りないのか、あるいは手の大きさが及ばないのか。

遠火で炙られるのに似た、じりじりとした刺激が辛く、あれこれ試す。

呼吸の間隔が短くなり、肌がじっとりと火照りはするが、どうしても快楽の波を捕らえきれない。

「肝心な所を避けるからだ」

頭の後ろで手を組み、仰向けとなったまま、マリアが胸をまさぐる様を見ていたディートバルトが、意味深に笑いながら手を伸ばしてきた。

「こうだ」

言うなりマリアの手を取り、避けていた中心部へと指を導く。

そうして、服の上から引《ひ》っ掻《か》くようにして、色づく尖端を刺激させた。

「……んっっ、あ」

「そうだ。右だけじゃなく、左も。人差し指でぐりぐりしてみろ」

声を上げ、乱れ始めたマリアの姿を視姦しながら、ディートバルトは卑猥な指示を下す。

劣情を孕みだした男の声に操られ、マリアの指は、ますます淫らに、過激に胸を嬲り始めた。

見ている。見られている。愛する男に。この痴態を。

身震いするほど恥ずかしい。なのに手が止められない。

マリアは昂ぶる気持ちのままに、鼓動を逸らせ、胸を弾ませる。

いやらしい手の動きや淫蕩に解けていく唇を視姦されていると知りながら、マリアは取り繕うこともできず、ただ、欲求のままに指で己の性を弄ぶ。

固くなりだした花蕾を柔肉へ押し込み、そのまま指先で捏ねるように動かしたり、あるいは、親指と人差し指でつまみ上げ、ころころと小気味よく転がしたり。

見えない糸で操られるようにして、男の言葉に従い自らを慰める。

「あ、あ……」

先ほど得られなかった悦の高まりに合わせて、どんどん自制がなくなっていくのがわかる。

胸から生じた疼きが、下肢に響くに従って、男の手や声の導きがなくとも、自分で気持ちよくなろうと身体が動きだす。

肩が跳ね、腰が震え、男の腹上に置かれた尻が浮く。

淫らさに羞恥を覚え、せめて声だけは抑えようと我慢するも、肉体はどうにもならないほど乱れていった。

はっはっ、と犬のように舌を突き出し身悶える。

呼吸の熱さに唇が疼き、刺激を誤魔化したくて表皮を舐めれば、たまりかねた動きで、ディートバルトがマリアの腰を鷲掴む。

わずかに浮いていた股間が、男の腹に引き寄せられた。

太い胴を腿で挟むような体勢のまま、前後に激しく揺さぶられると、秘処を守る下穿きが、逞しい腹筋で擦られ、じっとりと湿り始めていた秘処を過激に刺激する。

蜜襞も淫芽も構わず、下穿きごと肌に擦り付けられ、マリアは不意打ちの愛撫に翻弄される。

二人の肉体に挟まれた布は、二度、三度と肌を往復するごとに皺より、捩れた縄のような形となって、柔らかにほぐれだした恥裂を割る。

「ッ、あ！　や、ン、ああっ！」

濡れ絞られた布が、秘核を摩擦する刺激は強烈で、手指や舌とは違う感触で女体を責める。

激しい動きで乱れ、開いた服の合わせから、両の乳房がまろびでて揺れるのが艶めかしい。

「ンンンッ、ひ、ぃ……ぁ、や、強っ、すぎ、ま……すっ」

恥溝からしとどに蜜を溢れさせながら、訴える。

自分で慰めろといったくせに、余裕ない動きで揺すぶり荒らされてはたまらない。

マリアが非難の視線を向ければ、ディートバルトは目をすがめながら、ごくりと生唾を呑む。

瞬間、知識ではなく本能で悟る。

不慣れな愛撫に焦れていたのは、自分だけではないのだと。

愛する女が、己の上で身悶え、震え、でも達せずにいる姿が、どれほど男心を煽り、手を出せぬもどかしさ故に、欲求が昂ぶり募るのか。

欲しがらせようとしているのに、欲しくてたまらなくなる。

それほどマリアを求め、繋がりたがっているのだと知覚した途端、全身の毛穴がぶわっと広がり、目眩がするほどの陶酔が身を震わせる。

息を詰め、絶頂の予感に腰を浮かすと、ディートバルトが素早くズボンの前立てをくつろげ、収めていた己の欲望をさらす。

手で扱き、引き出す必要がないほど、昂ぶり充溢した肉棒は、まるで雄叫《おたけ》びを放つように彼の腹を打ち、天へ向かって漲《みなぎ》った。

「は……」

申し合わせた訳でもないのに、二人同時に息を止め、二人同時に視線を交わす。

己に期待されるものを、この上なく正確に理解したマリアは、恥丘へ両手をやり、陰毛も下穿きも一緒くたに掴みながら、二人の結合を阻む下穿きを抜き取った。

淫唇に張り付いていた布が、粘膜を擦る、ずるりとした動きに背を反らし、太腿を細かく震わせれば、待ち受けた動きでディートバルトがマリアと己の腰の位置を合わせる。

結合を期待し溢れた淫汁が、そびえ立つ屹立に滴り濡らす。

己を誇示するようにして、ビクビクっと震える剛直は、淫猥な香りを放つ粘液を浴び、滑り光った。

限界まで膨張した欲望の先が、震える花弁に触れた。

「あっ」

灼け付く熱に声を上げ、息を呑んだ刹那。

指淫で解す必要もないほど、ぐちゃぐちゃに爛《ただ》れきった蜜洞に、尖端から根本までもが、一息に押し込まれた。

「んあああああっ！」

最奥にある子宮口を穿たれ、マリアは発情した雌の声を上げながら達してしまう。

だが、それだけで終わりはしない。

ディートバルトは、掴んだマリアの腰を上下左右に揺さぶり泳がせ、充溢した膣肉をごりごりと刺激し嬲《なぶ》る。

「ひぃ、い……あ、い……ンンゥ、あ」

男の腹に両手を突き、背筋どころか、首まで仰け反らせ、マリアは喘ぐ。

屹立を含む隘路は、物欲しげに閉じたり開いたりしながら、喜悦の蜜涙を結合部から垂らす。

肉が甘くすすり泣き、絶頂の刺激に耐えかねた手足が細かに震える。

ガツガツした動きで下から蜜窟を穿たれる。

自分の体重が掛かる分、より奥処を刺激され、身も世もないほど感じさせられた。

身体がバラバラになって、消えてしまいそうだ。

法悦の衝撃に泣きながら、マリアは、駄目、無理と、舌足らずな声で訴える。

だけど、肉体の反応は真逆で、ぎこちなく腰を揺らしながら、もっと奥の奥まで、愛する男と繋がろうとする。

男の腹の上で肉体を弾ませながら、繰り返し何度も絶頂へ至る。

そのたびに、番う雄への愛おしさが湧き溢れ、得も言えぬ多幸感となって心を満たす。

だけど肉体には限度がある。

達しすぎたマリアの声が掠れると、ディートバルトは吐精をこらえる低いうなりを残し、本能のままに激しく腰を使い、女体を穿ち上げる。

まるで嵐の海に浮かぶ小舟だ。

自分ではどうすることもできないまま、激しく強大な快感に攫われようとしている。

身体を支えていた腕が、限界を迎え震えた時。

ディートバルトが鋭い息を落とし、熱い飛沫をマリアの腹奥にぶちまけた。

噴出の勢いに身悶え、太く熱い肉杭が、己の中で跳ね暴れるさまに耐える。

すべてがわからなくなるほどの快楽に包まれていたマリアが、ついに身を崩し、ディートバルトの上に倒れ込むと、心地よいまどろみで世界が覆われた。


性交の気怠《けだる》さに身を委ね、ディートバルトの胸に伏せ呼吸を整えていたマリアは、左手首を取られる感触に顔を上げる。

「どう、しました……」

絶頂の残滓《ざんし》に声を途切れさせつつ問うと、彼は幸せそうに笑い、マリアの薬指に唇を付けた。

「いや、もうそろそろ、ここに指輪をと思ってな……」

大きさを測り、そこに、どんな夢や愛を込めようかと考えるみたいにして、ディートバルトが約束の指だけを愛撫する。

快感としては弱いが、愛情としてはこの上なく甘く、優しい指の動きを眺めていると、ふとディートバルトが息を落とした。

「だが、当面は決まりそうにない」

「え?」

マリアより結婚を望んでいた、ディートバルトの言葉とは思えない。

意外な気持ちで視線を向ければ、彼は、わくわくした様子を隠さぬまま続けた。

「せっかくだ。いろんな国を巡って、最高の宝石を集めた、最高の指輪を贈りたい」

「なぜ、ですか?」

まるで夢物語のような申し出だ。まばたきを繰り返していると、ディートバルトがニヤリと笑う。

「マリアほど、最高の嫁はいないからだ」

「まあ」

たわいない睦言《むつごと》に口元をほころばすと、彼はふと真剣な顔になり、マリアを見つめた。

「マリア」

「はい。ディートバルト様」

「皇帝になる故、気楽にとはいかんが、俺は、これからもマリアと一緒に、いろんな国を見てみたい。マリアに世界を見せてやりたい。約束しただろう。アナトリアに行くと」

アナトリアだけではない。いろんな土地へ行くと約束した。

世界を見せてやると、笑い誘ってくれた。

今思えば、ディートバルトは、その頃から気づいていたのかもしれない。

(両親と引き離され、居場所を失った私が生き伸びるため、自分を殺し、いい子の世界に閉じこもっていたのを)

本心を隠し、周囲の大人たちが望む、いい子の姿だけを演じ続ける。

そんな空っぽのマリアに、ディートバルトはありったけの愛を注ぎ、旅の中で世界を教え、自由な心を芽吹かせてくれた。

返事をしないマリアに焦れ、ディートバルトが、駄目か——と、少年のような目で急かす。

マリアは幸せの中で、彼の誘いにうなずき、微笑んだ。

願ってもないことだ。

ディートバルトとなら、どんな国へも、どこへ行っても愉しいだろう。

南、北、海を渡って東。

行ってみたい国はたくさんあるが、帰る場所はもう決まっている。

(貴方の側に、ずっといる)

死が二人を分かつ時まで。なにがあっても離れない。

(愛しています)

声もなく、密かに胸で誓いながら、マリアは夫となる男へ身を寄せた。

あとがき

こんにちは華藤りえです。

ありがたいことに、再び蜜猫文庫様で小説を書かせていただきました。

こうして同じ出版社様から、書く機会をいただけて、とても嬉しいです。


今作は、うっかり成り行きで王太子妃（のちに王妃）にされ、周囲の都合により世間から隔離されて生きてきた箱入り天然ヒロインが、離婚により自由となり、「そうだ。離婚旅行をしよう！」と思い立ち、旅に出て、その先でヒーローと出会い……という話です。

舞台は、旅先のモデルとなった都市がヴェネツィアだったので、当初は小国分立期のイタリアを予定していましたが、紆余曲折を得て、物語の背景だけ、オーストリア帝国をモデルに変更させていただきました。

それに伴い、ヒーローの職業も枢機卿《すうききょう》（だったんですよ）から、選帝侯に変更となったのですが、書き終えた今、本作を振り返ると『こんな聖職者いないわ……』ってぐらい、肉体派だったので、こちらの変更もよかったと思います。

ともかく、無事に形になって安心しております。

個人的な話ですが、今年は、仕事やら入院やらと大変なことが色々あって、スケジュールがめっちゃくちゃになっており、今回は、本当にもう「駄目かも……？」となりました。いやあ。三日間ほぼ寝ずに（仮眠の二時間以下は除外）で仕上げたのは、いい思い出ですが、二度はしたくないです。

（でも、そんなことを言うと、やることになるんですよね。ほら……年末の足音が……）

時間が押している中、ギリギリまでお待ちいただいた編集様には、本当に感謝しております。

今作のイラストは、なま先生が引き受けてくださいました。

キャラクターをデザインされた段階から、ヒロインの『賢いけど幼い』という特性や、『脳筋に見えてしっかりしている』ヒーローに、わくわくしました。ありがとうございます。

最後になりましたが、この本を手に取っていただいた読者様に感謝しております。

とくに、今回は、夜中、一人で仕事している時にネットでぼやいたことに反応し、応援してくださった方々、ご感想をくださった方々にとても励まされました。感謝！

また、本作でも楽しんでいただけたならと願いつつ筆をおきます。ありがとうございました。

華藤りえ

Mitsuneko Label

蜜猫文庫をお買い上げいただきありがとうございます。
この作品を読んでのご意見・ご感想をお聞かせください。
あて先は下記の通りです。

〒102-0072　東京都千代田区飯田橋 2-7-3
(株)竹書房　蜜猫文庫編集部
華藤りえ先生 / なま先生

離縁された悪妻王妃は皇帝陛下に溺愛される
異国の地でえろらぶ蜜月開始します♡

2020 年 10 月 29 日　初版第 1 刷発行

著　者　華藤りえ　©KATOU Rie 2020

発行者　後藤明信

発行所　株式会社竹書房
〒102-0072 東京都千代田区飯田橋 2-7-3
電話　03(3264)1576(代表)
03(3234)6245(編集部)

デザイン　antenna

印刷所　中央精版印刷株式会社

Printed in JAPAN
ISBN978-4-8019-2428-4　C0193
この作品はフィクションです。実在の人物・団体・事件などには関係ありません。

クレイン
Illustration ことね壱花
カタブツ聖騎士様は
小悪魔な男装美少女に翻弄される
甘い口づけは執愛の印
「私の純潔を、お前に捧げさせてくれ」
「私、ずっとそれが欲しかったんです」
「煽らないでくれ。ひどいことをしてしまいそうになる」男装して情報屋として働くシルヴィアは花街でカモにされかけていた聖騎士、アルヴィンを助けたのをきっかけに従者として彼の人捜しに付き合うことに。旅の間、彼の実直で誠実な優しさをからかいつつも強く惹かれていくシルヴィア。女だとばれるがいなや思いつめていたアルヴィンに速攻プロポーズされ熱く甘い夜を過ごすも、シルヴィアにはもっと重大な秘密があって!?